AF455542

LES MONDES DE FONTENELLE,

OU

LES AMOURS DE NELSON ET DE CÉPHISE,

POËME EN SIX CHANTS,

DESTINÉ A L'ÉDUCATION DES PRINCES, DES GRANDS, ET DE NOS PLUS JEUNES PHILOSOPHES.

Par M. DE BOHAIRE-DUTHEIL, ancien Avocat.

A MEAUX,

CHEZ DUBOIS-BERTHAULT, IMPRIMEUR-LIBRAIRE DE MONSEIGNEUR L'ÉVÊQUE ET DES AUTORITÉS CONSTITUÉES.

MDCCCXIV.

On trouve aussi cet Ouvrage A PARIS,
Chez MM. DUCHESNE, DIDOT, DELAUNAY, BARBA et Pierre BLANCHARD, Libraires.

Tous les Exemplaires sont revêtus d'une marque distinctive et sécrète, pour éviter la contrefaction, il n'en sera vendu aucun qui ne soit pareillement revêtu de la Signature de l'auteur.

A S. A. R.

MONSEIGNEUR LE DUC DE BERRY.

MONSEIGNEUR,

Entre les Princes de l'Europe, comme à celui brillant aussi le plus par sa jeunesse, ses connoissances et son amabilité, qu'il me soit permis de dédier à V. A. R., mon Poëme sur la pluralité des mondes de Fontenelle. — Pour discuter sur des systêmes de cette nature, ne faudroit-il pas les talens et la gaîté d'un nouvel Henri IV ? — Je ne peux mieux trouver cette double nuance, que dans l'un des illustres rejetons du bon, du grand Roi; et j'en saisis le mode avec d'autant plus de zèle, que depuis plus de vingt-sept ans j'ai l'honneur d'être attaché à votre maison, à titre d'ancien officier de S. A. R. MONSIEUR, votre aimable, votre auguste père.... — Je suis avec le plus profond respect — de V. A. R.,

Monseigneur. — Le très-humble, etc....

NOTA. Relativement à cette lettre, je dois déclarer franchement à mes lecteurs, qu'il m'a encore été impossible d'avoir une réponse. Vainement opposerai-je l'adage populaire *qui ne dit rien consent.* — Je conçois qu'un GRAND, et surtout un PRINCE, doit user de prudence sur la fortune toujours incertaine de poëmes, drames, et autres ouvrages en littérature. — Quelquefois on veut attendre l'opinion des journalistes, peut-être ne sait-on pas assez à la cour et ailleurs que je suis en possession de *rosser* certains de ces messieurs, sur l'impertinence de leurs quolibets, le tout soit dit sans les fâcher. — Si à leur égard, j'ai souvent démontré une sévérité semblable à celle du Parterre contre Pradon, ou de Boileau contre Perrault, je ne désire pas moins la paix, je voudrois même voir aussi sur le Parnasse, un congrès en activité entre ces illustres législateurs, j'irois, ou j'enverrois un plénipotentiaire pour y défendre un espace, ou sorte de tertre, ou *monticule*, bien entendu, à ma convenance, ce qui s'arrangeroit facilement, comme l'on sait, avec l'agrément des parties *belligérantes*, par la paix..... si donc il survient un manifeste, je me propose d'y répondre, et me réferre aux moyens que l'on verra dans mes notes ci-après.....

Enfin quand à ma lettre, si je reçois du nouveau sur cet article, je ne manquerai pas d'en faire part, avec ma franchise ordinaire : mais en qualité d'ancien officier, comme je l'ai fait entendre, je n'ai pas moins dû offrir une preuve de zèle, et de l'hommage le plus respectueux.......

ERRATA.

Dans plusieurs nouveaux ouvrages de l'auteur :

Déjeûner à la fourchette, au lieu de *blâmer ou*, lisez *adorer ;* page 9, au lieu de l'*horpelin*, lisez l'*orphelin ;* page 12, au lieu *de chère*, lisez *la chère*.

Le Folliculaire. Page 14, au lieu de *bélaine*, lisez *balaine*.

L'Aristarque à la campagne. — Page 4, au lieu de *à pied*, lisez *marchant*. — page 6, au lieu de *on blesse, on tue, foudroye*, lisez *on massacre partout*. Même page, au lieu de *fureur... de carnage...* lisez *et fureur... et carnage...* — Page 8, au lieu *d'un peu plus*, lisez *bien plus*. — Même page, au lieu de *encore*, lisez *encor*. — page 14, au lieu de *intrigans*, lisez *fort subtils*. — page 17, au lieu de *au grade*, lisez *en grade*.

Poëme des Mondes de Fontenelle. Chant 2.e, page 20, au lieu de *Nunéphar*, lisez *Nénuphar*.

Page 35, au lieu de — Vénus et ses fils, lisez *de Vénus et ses fils*. — Page 52, au lieu de — aiusi, lisez *ainsi*.

Pag. 67, au lieu de collets montés, lisez *collets monter*. Même page, au lieu de jugeurs, *jugeurs*.

LES MONDES
DE FONTENELLE,

OU

LES AMOURS
DE NELSON ET DE CÉPHISE,

POËME EN SIX CHANTS.

Creavit Deus cælum et terram, — Terra autem erat inanis et vacua, et tenebræ erant super faciem Abissi... Dixitque Deus, fiat lux, et facta est lux. — Liber genesis. Caput. 1. pag. 1.

CHANT PREMIER.

De la Terre comme Planète, tournante sur elle-même, et autour du Soleil . . . . .

Je chante l'univers (1), et ces mondes célèbres
Délaissés si long-temps, en profondes ténèbres,
Signalés tout-à-coup, par un illustre auteur,
Par Fontenelle enfin, leur second créateur.
O toi belle marquise! avec nos rêveries,
Reviens mêler le sel de tes plaisanteries . . . .
La beauté parmi nous, est un astre brillant
Qui nous ouvre des cieux, le séjour éclatant . . . .
Mêne-moi par la main, vers sa voûte azurée,
Cherchons-en les secrets . . . . d'une marche assurée,
Planant au haut des airs, il te faudroit l'amour,
Mais l'amour est folie, et dans un tel séjour,

Animés par les traits de pudeur et sagesse,
Suivons en notre marche, une exacte justesse,
Observant, discutant en approchant des cieux,
Visitons gravement ces angéliques lieux . . .
Egayons toutefois, ou l'histoire, ou la fable,
Raisonnant pour le mieux, en un sens favorable,
Si dans Saturne, ou Mars, Mercure, ou Jupiter,
La Lune, ou bien Vénus, nous allons ameuter
Quelques bons habitans, par l'aimable folie
De nos couplets nouveaux . . . de la mélancolie,
Evitons les accès . . . oui, l'on peut comme nous,
Egayer ses loisirs, et rire avec les fous . . . .
Dans nos tendres accords, ô vous muses affables!
Donnez à notre voix, vos accens délectables,
Que nous puissions chanter, et célébrant les cieux,
Savourer le nectar, en présence des dieux,
Mais que Vénus sur-tout, la déesse des grâces,
Présente à nos concerts, suive toujours nos traces ! ! !

Non loin d'un belvéder, ou pavillon Chinois,
Au sud d'une cascade, et des ombres d'un bois,
Dans le parc enchanté d'une jeune marquise,
Mon amante chérie !.... elle a pour nom, Céphise !...
De l'été, vers le soir, après grande chaleur,
Et tous deux, nous jurant une éternelle ardeur . . . .
Eclairés de la lune . . . en fixant les étoiles,
Et maudissant par fois, le malfaisant des voiles . . .
Aux pieds de la marquise . . . et regardant aux cieux,
Mais plus souvent encor, contemplant ses beaux yeux,
J'exprimois de bon cœur, le feu de ma tendresse,
Quand me levant soudain . . . parlant à ma Princesse . . . .
Madame! . . m'écriai-je! ô la superbe nuit ! !
Toute étoile est soleil qui brillante et luit,

La nuit en cet éclat, me parait préférable
A tous les plus beaux jours .... oui .. c'est inimitable ! ! !
Mais avec la beauté, riche de tant d'appas,
Ou la nuit, ou le jour, quand on est dans ses bras,
C'est le site des dieux ... non, rien dans la nature
Du lustre de ses traits, n'égale la parure ...
— La nuit dépeint la brune, et la blonde le jour,
La brune est plus touchante, elle inspire l'amour.
— La blonde a son mérite, en vous belle Céphise,
De votre modestie, admirant la franchise,
Je m'en tiens à ma blonde, elle a tout mon amour,
Et je pense à la nuit, sans oublier le jour.
— Un docteur est galant, j'en accepte l'augure,
Et comme lui, je veux admirer la nature ....
— En ce moment je rêve ... ha! j'en veux au soleil,
Des Mondes à présent, il cache l'appareil,
Il n'est pas une étoile, et petite planète,
Où pour y demeurer, l'on ne trouve Villette, (2)
Ces Mondes sont connus, ils sont tous habités ....
— Quelle plaisanterie ! ... où sont donc ces cités? ....
Ha ! désignez-les-moi, je voudrois les connoître,
Savoir sur tel sujet, les secrets de leur maître ....
Ne me cachez donc rien ... c'est vous mon cher Nelson !
Que je prendrai pour guide à la cour d'Apollon.
— Vous plaisantez marquise ... avec sa bonne amie,
Quand on pourroit agir ... parler astronomie ....
Je le veux bien pourtant ... gardez-moi le secret ...
Me le promettant donc ... j'entreprends le sujet ...
  Mais par où commencer? .. il est des connoissances,
Qu'un esprit féminin dans toutes les sciences,
Peut très-bien dédaigner .... n'importe j'obéis ...
  Des astres le regard à nos yeux éblouis,

Présente un phénomène où la riche nature,
Des plus brillans contours, étale la peinture.
Mais nous voyons, sans voir, le premier des savans,
Voulant trop voir, devient le chef des ignorans,
Hé! comment définir ces soleils, ces étoiles,
Leurs mouvemens subits, comment briser les voiles
De leur attraction, de leur arrangement,
Ou de leur harmonie, au haut du firmament?
Le soleil est un feu qui dans le plus vaste antre
Doit attirer les corps par les flammes du centre,
C'est lui qui par sa force, anime les ressorts,
C'est lui qui fait mouvoir et soutient leurs efforts,
Son feu gouverne tout, une main invisible,
Dirige ses moyens, cette main ostensible,
Est celle d'un vrai Dieu, qui fut le créateur
D'une œuvre aussi parfaite, il est le directeur
De ces globes brillans, ils planent sur nos têtes,
Sous les noms de soleils, d'étoiles, de comètes.
Marquise, à l'opéra, supposons Phaëton
Enlevé par les vents sur le mont Hélicon,
Des cordes, des léviers le font monter, descendre,
Tout est si bien caché, qu'on ne peut le comprendre,
Comme ce mouvement se doit à tels accords . .
Nous l'entendons pourtant . . . mais on voit les ressorts . . .
Nous pouvons les toucher . . . définir les machines
Qui font mouvoir un Dieu, Vénus, ou Proserpine.
Or, comment pénétrer dans la voûte des Cieux?
Et comment découvrir le grand secret des Dieux?. . .
— Ainsi docte Nelson, toute votre science,
Va servir à prouver notre grande ignorance.
— Ma foi chère Céphise! ho! j'en ai déjà peur . . . .
— N'importe, poursuivons, atteignons la hauteur

De ces mondes altiers, et faisons connoissance
Avec leurs habitans .... — J'en conçois l'espérance,
Mais soyez-moi fidèle! ... ha! de quelque rival,
N'allez pas ajouter la disgrâce, ou le mal...
  Un baiser ma Céphise! augmentant mon courage,
Fairoit mieux voir du ciel, le superbe assemblage ...
Dieux! ... le voilà! .. je l'ai!! . puisse cette faveur
Rester, être gravée en tous temps, dans mon cœur! ..
  Reprenons le récit, voyez une pendule,
Une montre, une horloge ... hé bien avec la lune,
Etoile, ou bien planète, ou comète, ou soleil
Dans tout il est un ordre, et mouvement pareil, ...
— Comment cet univers ressemble à notre horloge?...
  Hé bien! à la bonne heure, ... où faudra-t-il qu'on loge
L'ouvrier du grand tout? ce divin créateur?
Serai-ce dans la lune? ... allons, monsieur l'auteur,
Si vous êtes jaloux, je suis aussi jalouse,
De notre terre enfin, sur la vaste Pélouse,
Certes l'on peut loger le plus puissant des Dieux,
Puisque comme planète, elle a cours dans les cieux....
— Une divinité, c'est la mère des grâces,
Pourquoi belle Céphise, en courant sur vos traces,
Jupiter iroit-il dédaignant ce séjour,
A des yeux aussi beaux refuser du retour? ....
  Voyez ce chariot d'étoiles parsemées,
Du feu le plus brillant, elles sont enflammées, ...
Les bergers Chaldéens, premiers observateurs
Des astres, ont décrit le cours et les hauteurs,
Et les Egyptiens, ces premiers géomètres
De science profonde, ont enrichi nos lettres,
On s'est fait un systême, et chacun eut le sien,
Conforme à l'intérêt, comme cet Athénien

Fou de son personnel, qui se mit dans l'idée,
D'avoir tous les vaisseaux abordans au Pirée....

Dès-lors dans leur principe, on vit nombre d'anciens,
Placer la terre au centre, et donner des moyens
A tout céleste corp, pour tourner autour d'elle,
Afin de l'éclairer par ardeur mutuelle.
—Mon cher ami Nelson! je ne vois pas pourquoi
Vous semblez critiquer, que chacun pense à soi,
Puisqu'il faut que l'on tourne, autant vaut que la terre
Nous paroisse exceptée en ce vaste hémisphère,
J'en deviens plus tranquille, et devant voyager,
Laissons à d'autres corps le soin de voltiger,
N'est-ce pas dangereux? gardant notre équilibre,
Je suis bien moins peureuse, et je me sens plus libre...
—L'irrégularité de tous ces mouvemens,
Fit que l'on eut recours à de grands changemens,
Et des cercles sans fin, embarassant la sphère,
Chacun y consentant, on tourna pour la terre.

Certain roi de Castille, un peu trop jovial,
De ces cercles, blâmant tout l'ordre machinal,
Osa dire que Dieu, s'il eût eu l'avantage
De pouvoir l'assister, dans un pareil ouvrage,
Il auroit bien mieux fait; or bientôt on suivit
De ce roi philosophe, et le but, et l'esprit;
Des cercles et des cieux, des mouvemens célestes
Nous furent retirés, on n'en vit plus les restes,
D'un ciel de cristal, par même occasion,
On destina la voûte à la suppression,
De ce beau verre en vain, le docteur Aristote
Avoit formé son ciel, cassé par la Marote, (3)
On n'en conféra plus, et l'on sait maintenant
Que Mercure et Vénus vont, viennent en tournant

Tout au tour du soleil... Oui, ma chère marquise...
— Mais vous faites trembler votre pauvre Céphise...
Vous allez voir bientôt qu'il nous faudra tourner...
— *C'est vous qu'il l'avez dit*, vous savez deviner...
L'illustre Copernic, habitant d'Allemagne,
Vint renforcer l'avis de notre roi d'Espagne,
Il cassa, brisa tout... — La terre eut même sort ?...
— Non pas... cercle... cristal... par un autre ressort,
Il place au beau milieu notre soleil superbe,
Des astres d'alentour, il en forme le verbe,
Le premier, le grand tout, éclairant l'univers,
Et lançant ses rayons par des moyens divers.
— C'étoit bien mon idée, entre-nous, ce bel astre
Mérite un tel honneur, et pour nous quel désastre
S'il étoit dans le ciel sans attribution,
Heureusement il règne en cette région.
— Heureusement encor il nous reste la lune
Qui tourne autour de nous, sans plainte, ni rancune,
Cet astre est fort modeste, il semble en sa candeur,
Voir un autre Jésus brillant par sa ferveur ;
Sa touchante clarté, son aimable figure
Font l'admiration de toute la nature.
— Moi, j'en suis folle aussi, mon bon ami Nelson,
Quel moment pour l'amour, chantons à l'unisson...
— Oui, marquise, chantons le magnifique ouvrage
Du plus puissant des Dieux, rendons-lui notre hommage...
Un baiser... je te prie... — Hé ! mon très-docte ami !
Vous êtes exigeant ! !. — J'en suis mieux affermi
Pour montrer tout système, où l'on peut voir les anges
Pour servir l'ambroisie... et friantes oranges.....
— Reprenons Copernic, son système parut,
Que fit-il après çà ?.. — Hé ! madame, *il mourut*.....

— C'est fort heureux, Nelson, vous devez vous attendre
Que l'on a peine à croire, en se laissant surprendre,
Que l'on tourne toujours tout autour du soleil,
Et sans changer de place, en mouvement pareil....
— Soyez dans un bateau, dormez, soyez agile....
Le bateau va son train, sans vous changer d'asile.—
— Je change de rivage, et vois à mon réveil,
Que le bateau marchoit, quand j'étois en sommeil...
— De même sur la terre, on le voit aux étoiles,
Chaque planète aussi, démasque tous les voiles,
Et dans autre rivage, assurant un transport,
Présente une autre face et donne un nouveau port.
La terre est une boule, et qui, roulant sur elle,
Roule encore à son but, avec beaucoup de zèle,
Sa marche est calculée et fixe dans les cieux.
— Je ne l'apperçois point, j'ai pourtant de grands yeux,
Vous me l'avez tant dit!!..—Ce système à la vue,
Refuse une apparence aisément apperçue,
Puisqu'il gît en raisons, et que souvent l'esprit
Ne voit pas ce qu'il croit, ce qu'il montre, ou prescrit...
La terre tournant seule, il paroît plus facile,
Que nous le concevions, elle est bien plus mobile
Que tout le firmament, pour rouler un seul corp,
Il faut bien moins de soins.... puis ajoutons encor,
Que tous les jours son tour n'est que de vingt-quatre heures,
Et de tous nos soleils, les si hautes demeures
Demanderoient bien plus de temps, et d'embarras,
Pour venir tous tourner et marcher sur nos pas....
Allons, c'est décidé, laissons tourner la terre....
— Mais comment la porter, en ce vaste hémisphère?
— Fixez un gros vaisseau, celui de ligne en mer,
En poids, hommes, canons, sans besoin d'espalmer, (4)

Ce poids devient immense, hé bien ! un léger souffle
Peut l'emporter très-loin, comme...votre... *pantouffle*, (5)
Pardon.... mais admirant la puissance d'un Dieu,
Respectons ses hauts faits... on les voit en tout lieu....
 Notre air est comme l'eau, la matière céleste
Peut bien porter la terre, enfin on nous l'atteste,
On le démontre aussi par de bonnes raisons,
Tout philosophe tient à de sages leçons.
— Hé bien ! mon beau docteur !... me voilà furieuse !....
De me voir ballotter en place périlleuse,
D'un souffle, ou d'un seul trait, et grâce aux beaux esprits,
A naviguer dans l'air, nous sommes donc réduits,
Voyez la belle chance, un seul choc en roulette,
Va casser, va briser notre pauvre planète....
 Du célèbre Aristote, autant vaut le cristal,
Et votre Copernic est un franc animal.....
—Marquise, calmez-vous... grands dieux ! quelle colère !...
Mais comme les Indiens, voulez-vous que la terre
On mette sur le dos de plusieurs éléphans ?...
— Laissons cette créance à des foibles enfans....
Et puisqu'il faut tourner... Je m'en sens le courage...
Vous me tournez la tête, avec votre ramage......
— C'est mon meilleur systême, il seroit fort adroit,
Si je pouvois aux cieux, vous voir en tel endroit....
J'irois tous les matins, adorer la planète,
Et fixant son retour, l'embrasser en.... *pincette*.... (6)
— Ha ! sans monter si haut, je peux au cher Nelson
Présenter sur l'amour, une tendre leçon ;
Mais voyageons encor. — Restons ici, Céphise,
J'ai mes raisons, je dois vous voir encore assise,
Toute femme est coquette, ou du moins, ou du plus,
Le tout suivant le taux de ses grandes vertus.

Or, pendant que la terre ici tourne en peu d'heures,
Nous allons voir sortir de leurs grandes demeures,
Visages différens, ceux blancs, et d'autres noirs,
Les autres bazannés, avec leurs grands mouchoirs, (7)
Des turbans, des chapeaux, et têtes chevelues,
Ou bien têtes rasées, allant au haut des nues,
Et tantôt des maisons, et tantôt des clochers,
Et puis des monts, des tours, des mers et des nochers,
Des villes à croissans, temples de porcelaine,
Des beaux habits de soie, et d'autres tous en laine,
Des pays bien peuplés, et des vastes déserts;
Ou d'ardoise, ou de bois, des bâtimens couverts....
— Mais c'est charmant! Nelson! quelles belles nuances!
Non certes, Copernic en discutant les chances
De ses globes tournans, est moins docteur que vous,
Ici, s'il existoit, il en seroit jaloux...
— Continuons, madame, et voyons l'Angleterre,
Passer et repasser, et sur mer, et sur terre,
Fixez ce gros vaisseau qui paroît en danger,
Voilà des iroquois par qui l'on voit manger
Des hommes prisonniers, et de Jesso, les femmes,
Employant tout leur temps, non pas comme nos dames
A faire leur toilette, elles ont l'embarras
D'apprêter par leurs mains les mets et les repas
Que font leurs laids maris, les plus vilains des hommes,
Qu'elles aiment pourtant.... voyez d'autres atomes, (8)
Des singes, des lapons, des ours, des éléphans,
Des Chinois, des Indiens.... le Japon, les Persans.
N'oublions pas non plus, tendres Circassiennes,
Qui ne font pas longtemps porter de lourdes chaînes,
Les Tartares, les Turcs, Circoncis et Sérail,
Et de son grand palais, le superbe portail,

Tout cela paroît gai... N'est-il pas vrai, marquise?....
— Et fait pour amuser, fixer votre Céphise,
Mais ce qui m'embarrasse, en tournant constament,
C'est que nous changions d'air, par fois si brusquement.
— Ma belle ! point du tout, l'air qui nous environne,
Il retourne avec nous, en ne gênant personne,
En conque, ou coque à soie, autant de vermisseaux
Se forment avec art des nids si durs, si chauds,
Nous voyons un tissu de mousse plus légère,
Plus-mince et plus fragile.... ainsi paroît la terre,
Jusqu'à certain degré... Cet air, ou le duvet,
Tout tourne en même temps, faisant un seul trajet.
— Mon aimable Nelson, nous voilà vers à soie,
Vous n'osiez pas le dire... Et me changeant en oie....
— Le tout-puissant se rit de ces petits moyens,
Insuffisans sans doute avec certains payens,
Mais par un mouvement général, magnanime,
Il entraîne le tout dans son ordre sublime.
— Vous nous cachez si bien ce grave mouvement,
Qu'on n'en peut découvrir le plus petit agent.
— Tous mouvemens, hélas ! jusques dans la morale,
Sont ceux dont on voit moins la cause, ou le dédale,
Notre amour-propre en tout, paroît si naturel,
Que pour nous satisfaire, il est substantiel....
— Vous allez raisonner... Il s'agit de physique,
Nous baillerons bientôt, vainement on s'applique
A pouvoir démontrer la supposition,
Alors on a recours à toute fiction.
— Retournons au château, et laissons notre sphère...
Un troisième systême inventé pour la terre....
Je vous le citerai... c'est de Ticho-Brahé,
Il la tient immobile... Or, semblant entêté

De ce nouveau projet, il veut la terre au centre,
Et que le soleil tourne autour de ce grand antre...
— Il a tort, cher Nelson, il est trop affecté,
Et de sa part ici, c'est incivilité,
Oui, puisque le soleil est le premier des astres,
Que nous tournons autour, sans crainte, ni désastre;
Gardons la même marche, et suivons Copernic,
N'a-t-il pas tout pour lui, Philosophe et public.
Il suffit de Nelson, mon amour, ma tendresse,
D'être de son avis, m'inspirent la justesse.

CHANT DEUXIÈME.

La Lune est une terre habitée.

Au lendemain matin, dès que l'aube du jour
Eut ouvert un champ libre au plus constant amour;
J'en assurai le gage, embrassant ma Céphise...
— Mais comment? *En pincette*... (1.) Hé bien, belle marquise!
En tournant sur vous-même, avez-vous pu dormir?
— Fort bien, mon cher Nelson, avec tant de plaisir,
Que Copernic lui-même eut prôné mon courage,
En voyant le sang-froid dépeint sur mon visage.
— En campagne souvent, il est des importuns
Qui pour embarrasser, ont des desseins communs,
Ils ne sont pas honteux de passer la journée
Dans le même salon, et vers la matinée
Du lendemain, content, si de la liberté
Ces bons, francs campagnards, avec amenité,

Vous laissent le bonheur.... Enfin vint la soirée,
Céphise, et moi, du jour, oubliant la durée,
Près du joli manoir, nous donnant rendez-vous,
Nous sûmes écarter importuns et jaloux,
Assis près l'un de l'autre, aussitôt nous reprîmes
Sur l'aspect des soleils, nos discours grandissimes.
Puisque chère marquise ! il faut que le soleil
Soit fixé dans le centre, et qu'en dépit du sommeil,
On doit par nos moyens, voir tourner notre terre,
Qu'on remarque à la lune, un même caractère,
De même sur cet astre, il faut des habitans.
— Certes, je ne veux pas critiquer vos savans,
Je voudrois qu'on prouvât un aussi grand systême...
— J'y fairai mes efforts, sans embarras extrême,
Paris est étranger en tout, à Saint-Denis,
Je le suppose au moins... Démontrant mon avis
Je place des bourgeois sur très-haute montagne,
(Sur les tours Notre-Dame...) et ma chère compagne....
Oui, belle marquise !... oui... Vous tous interrogeant,
Je vous demanderai, si vous croyez vraiment
Que Saint-Denis aussi soit Villette (2) habitée,
Vous ne pourrez répondre étant trop écartée,
Et ne distinguant pas s'il est des habitans,
— On pourroit en douter, en dépit des savans...
— Fort bien, je vous réponds : « Vous voyez des églises,
Des clochers, des maisons, de grandes, vastes frises (3)...
Il faut que Saint-Denis soit enfin habité...
— Je n'ai rien à vous dire, en prenant ce côté...
— La lune est Saint-Denis... — Ciel ! qu'elle différence !...
— Prenez garde, madame, il faut même nuance...
Et si je vous la donne, il faudra croire encor
A la lune habitée.... Or je prends mon essor...

La terre est lumineuse aussi bien que la lune,
Et pour bien éclairer, leur essence est commune.
  Lumineux pour lui seul, à l'égard du soleil,
Et la lune et la terre ont un lustre pareil,
Elles sont deux corps durs, dès-là bien susceptibles
De s'entr'aider en tout, de rayons réflexibles,
Qui par leur ligne droite, en projettant des feux,
Vont en petite balle éteinceler les cieux,
Et par leurs mouvemens de la lune à la terre,
De la terre à la lune, attiser la lumière.
  La terre est près de nous, puisque nous l'habitons,
Mais la lune au contraire, en hautes régions,
Ne nous fait découvrir que des gros corps visibles,
Et nous ne voyons pas tous ceux imperceptibles,
De-là nous concluons sur des aspects très-faux,
Qui de l'incertitude aggravent tous les maux.
  Si nous étions placés entre lune et la terre,
Nous pourrions définir l'un et l'autre hémisphère,
Toujours embarrassé par la position,
Il faut donc se placer en supposition,
Et les gens de la lune en fixant notre terre,
La voyent comme un astre au-dessus du tonnerre.
— Je le crois comme vous, — Je vous le garantis....
A tourner autour d'eux, sans être assujettis,
Nous avons vu toujours la moitié de la lune,
Et les signes anciens qu'on signale à la brune,
Des taches par exemple, où l'on croit voir ses yeux
Et sa bouche, et son nez, existant dans ses feux,
Elle n'en tourne pas moins aussi sur elle-même,
Et son balancement forme un autre systême,
Qui par fois ne fait voir qu'un seul et petit coin
De son large visage, et l'autre avec grand soin,

Reste voilé pour nous, vraiment ceux de la lune,
Imputent à la terre une telle lacune.
— Mon aimable Nelson ! toujours en écolier,
Chacun sur son semblable, envoie l'épervier,
La terre nous dira : « Ce n'est pas moi qui tourne,
» C'est le soleil... La lune aussi bien se retourne,
» Ce n'est pas moi qui tremble, et la terre a grand tort,
» De ne pas croire ici que c'est par son ressort,
» Qu'on voit tel tremblement... » -- Ainsi, belle Céphise !
Chacun en tout systême, ou l'erreur, ou sottise
Rejette sur autrui ; voyons en ces instans,
Si nos deux astres sont encor plus ressemblans.

En frappant sur un mur, la balle a moins de force,
Avec son premier feu, bientôt elle divorce,
La splandide lumière arrivant du soleil,
Elle perd son éclat par un effet pareil,
Et la réflexion, lui laisse ce blanchâtre
Qui sur son premier lustre, amasse du jaunâtre.

Nos astres se croisant aux premiers jours du mois,
On ne voit pas la lune, elle est entre les trois,
Alors notre soleil dans sa course fidèle,
Suivant la lune en tout, marche au jour avec elle,
Moitié de celle-ci se cache tour-à-tour ,
Et tournant plus ou moins, elle fuit le grand jour,
Alors gens de la lune ont pour eux *pleine terre*,
Si la lune en son plein a même caractère...
Vient bientôt le croissant, et Phases à leur tour,
Pour nous laisser jouir, ou plus, ou moins du jour.
— Mon ami, je le vois, *bientôt nouvelle terre*,
Apparoît dans la lune au plus haut hémisphère.
— C'est un plaisir, Céphise, en concevant si bien,
Vous abrégez l'effet d'un plus long entretien.

—Une éclipse, docteur ! hé ! comment se fait-elle?
—Vous pouvez le penser, quand la lune est nouvelle,
On pourra régler tout, par la position,
Et vous verrez bientôt la situation... (l'autre,
Trois corps marchent ensemble, ou c'est l'un, ou c'est
Qui pour tout, ou moitié, vous privera du nôtre,
Donc éclipse de lune, et de même au soleil,
L'effet de l'un surtout, à l'autre est bien pareil,
Il suffit d'observer la marche des trois astres,
Content de voir agir avec peu de désastres....
—Mon aimable Nelson, vous êtes fort heureux,
De pouvoir tout en bien, interprêter les cieux.
—J'ai raison, ma Céphise, en allant en Asie,
Je verrois bien plus mal, puisqu'en ma frénésie,
Je voudrois qu'un dragon fût maître d'éclipser,
Toute lune, ou soleil, sans pouvoir traverser
L'avis des grands Chinois, forts en astronomie,
Ils ont l'autorité de bonne académie.
Et si j'allois en Grèce, hé ! cela seroit mieux,
Pour le coup vrai sorcier, j'attaquerois les cieux,
Je soutiendrois qu'un monstre, en humeur turbulente,
A fait jeter la lune, en une fosse ardente.
—Nelson ! épargnez-nous... cela devient honteux,
Pour l'honneur des humains... hélas ! les malheureux !...
Qu'ils sont petits et fous !... Hé bien ! si dans la lune
Telle erreur ou folie étoit aussi commune...
S'ils adoroient la terre, et que pour des dragons,
Ou pour des éléphans, ils fussent tous grisons...
On riroit à son aise, en voyant tel système
Dans tel astre appuyé par quelque nicodême.
On riroit de le voir, lui-même à nos genoux,
Et quand pareille crise arrive parmi nous,

De l'entendre imputer aux attraits de la lune,
En lui prêtant de torts, l'indécence importune,
— Ne craignez rien, Céphise, allez dans l'univers,
Sommes-nous donc les seuls en esprits de travers ?
Il est plus d'une espèce, ou malgré l'apparence,
Ou sottise, ou folie, on trouve en abondance,
Et certes dans la lune, il est aussi des fous
Qui pour déraisonner, agissent comme nous,
Tous les jours, il m'en vient de certaines nouvelles,
Que je peux garantir sans craindre querelles,
Très-sûres, ma Céphise, étant de voyageurs
Qui de longue lunette ardens préconiseurs,
Vont parcourir la lune et sans quitter leurs sphères,
Y signalent des lacs, et des mers, et des terres,
Des montagnes aussi, des abîmes profonds,
Des sites étendus, carrés, pointus, ou longs.
— Mais comment distinguer et les mers, et les terres ?
De leur essence encor, pénétrer les mystères ?
-- On ne s'y trompe pas, par l'effet des couleurs,
Les vernis, clairs, ou noirs, des sombres, des splendeurs, (4)
La terre est un corps dur, et la mer est opaque,
Faisant, lançant, gardant, chacune au zodiaque,
Ou l'obscur, ou le clair, suivant leurs qualités,
De dur, ou de liquide, avec intensités....
Le docte Cassini, que l'on disoit grand homme,
Et pour parler des cieux, le premier astronome,
Nons a dépeint la lune en son intérieur,
L'on peut s'y promener sans guide, ou sans meneur,
Ici, dans un grand puits, arrive une rivière,
Qui courant, traversant, sans l'aide d'un compère,
Établit par ses eaux, un cours très-nuancé ;
Ce cours plus haut, plus bas, plus ou moins prononcé,

S'unit, ou se sépare... on connoît chaque place,
Ici, c'est Copernic, plus loin, vous faites face
Au docteur Galilée, archimède est nommé,
Chaque end oit dans la lune, est désigné, formé,
Comme on voit dans Paris, « *rue Etienne, ou Babille*...
On y lira les noms des hôtels de famille,
Comme on liroit chez nous, hôtel de Caulaincourt,
Montmorency, Crussol, » du comte d'Hunebourg,
Grand hôtel de Maillé, celui de Castelane,
Le palais de Bourbon.... puis tout blason (5) et panne...
En attendant la liste, une mer de Nectar,
Peut vous désaltérer de son doux nunéphar,
Promontoire de songe, et mer de pluie, et crises,
On s'y trouve ravi par nombre de surprises...
— Pénétrons plus avant, mon bel ami Nelson,
Voyons quelques palais, ou bien une maison.
— Je le voudrois, Céphise, et de l'Observatoire,
Vous lançant vers la lune, approfondir l'histoire,
Vous pouvez demander Astolfe, pour Roland,
Il fut conduit dans l'astre à l'aide de S. Jean,
Arioste l'affirme, et la belle Angélique,
Suivant tous les journaux et savante chronique,
Préférant son Médor, ce fut le seul moyen
De sauver le cerveau du héros citoyen...
Roland, pour conserver les ressorts de sa tête,
Parcourut donc la lune, et s'en fit une fête,
Outre montagnes, lacs, il y vit nimphes, nochers,
Mais l'auteur ne dit pas qu'il ait vu des clochers,
Ou palais, et maisons, il vit d'autres sottises,
Dites en très-bons vers, dont il fit l'analyse,
Et couronne... et richesse... il est certain vallon,
Où l'on retrouve tout... — C'est fort bien, cher Nelson!

Mais les tendres soupirs des amans, des amantes...
Et les riches atours de nos plus élégantes...
— On y voit tout, madame, et la donation
Du fameux Constantin, puis autres visions,
Comme d'esprits perdus, fiole toute pleine,
Depuis notre entretien, on voit aussi la mienne,
Et de plus d'un auteur, tels que *Béfroy*, (*), *Quilnet*,
Dont on semble flétrir la plume et le cornet,
On y voit même encor illustre académie,
De la crasse ignorance, implacable ennemie.
  Là, ce n'est pas l'intrigue, et la protection,
Ou bien tous les efforts de coalition,
Qui placent au fauteuil, il faut de bons ouvrages....
Dont on puisse citer les élégans passages...
— Cette fois, mon cher docteur, ha! vous extravaguez,
Pour le prouver aussi, si vous vous fatiguez,
Non, je n'écoute plus... — Hé bien! belle marquise!
Oui, vous raisonnez d'or, aimant cette franchise,
J'opine comme vous, pour l'imperfection
Des auteurs de la lune, en leur extraction,
Académiciens, savans, lettrés, poëtes,
On y trouve des sots, comme en autres planètes.
— Mais enfin, croyez-vous signaler des mortels
En cette belle lune, et des ordres éternels
Avez-vous certitude, ainsi que sur la terre?
— Que me demandez-vous? je n'en sais rien, ma chère!
Voyez la différence entre Allemands, Chinois,
Entre Anglois, Espagnols, Américains, François,
Il est peut-être ici, comme là... Dans la lune,
Visage de Pékin... ou bien de... Pampelune.

(*) *Noms en l'air.*

--Mais quels sont-ils enfin? Répondez-moi, Nelson...
--*Ma foi, je n'en sais rien*, je redis sans façon
L'adage de Socrate, il aimoit mieux se taire,
Lorsque du vrai, surtout il falloit se distraire,
Et nous-mêmes, madame, avant de définir,
Apprenons à connoître, à penser, réfléchir;
Désirant trop savoir, on fut réduit à dire,
En mêlant la liqueur à très-forte satyre,
Que les Dieux avoient bu, quand ils firent les cieux,
Et qu'ivres de Nectar, leurs cerveaux étoient creux....
--Que faites-vous des gens de notre terre australe?
Ils ont bien, comme nous, une assiette morale;
On peut les aller voir, on connoît leurs climats,
Et l'on sait quand on veut y diriger ses pas,
Mais aller dans la lune, hé! comment donc s'y prendre?
Fontenelle lui-même, eût-il pu le comprendre?
--Je suis beaucoup plus fort, n'ai-je pas un ballon?
Allez, ma chère amie! écoutez bien, Nelson,
Vous le verrez un jour, voltiger dans la lune,
Quand j'y serai couché, sans plainte, ni rancune,
J'inviterai Céphise à dormir avec moi,
Pourrez-vous résister à mon amour, ma foi?....
—Je ris comme une folle..... Oui, voilà ma réplique,
En attendant l'effet de ce vol antartique....
— Vous avez tort de rire, et c'est du sérieux,
Quand Christophe Colomb visible dans ces lieux,
Découvrit l'Amérique et ses îles nombreuses,
Connoissoit-on ici ces terres spacieuses?
Tout s'y trouvoit sauvage, et des hommes sans frein,
Y laissoient rarement, voir un visage humain,
On ne les signaloit que dans leurs traits de bêtes,
Sans éducation, sans esprit et sans têtes....

Ils voyoient nos vaisseaux, nos fusils, nos canons;
Foudroyer leur pays, cabanes et Colons,
Et comparant nos feux à ceux du vrai tonnerre,
Ont-ils pu reconnoître habitans de la terre?
Ne croyoient-ils donc pas, que les anges des cieux,
Venoient les écraser des éclats de leurs feux?
Si donc ils avoient vu nos ballons, leurs nacelles,
Planer au haut des airs, comme des... hirondelles...
Et leur lançant la foudre, enflammer ou maison,
Ou cabane, ou barraque, et toujours du canon...
Je le demende encor, est-il rien dans la lune,
Qui puisse mieux atteindre une telle fortune?
Qui des dieux prend la force, et par la nouveauté,
Et par l'éclat puissant d'impétuosité...
Le volcan des canons, figure le tonnerre,
Inspirant la terreur et sur mer, et sur terre,
On ne s'en doutoit pas, nous avons pu trouver
Les peuples d'Amérique, on peut voir arriver
Les peuples de la lune... — En éclatant de rire
Vous suposez le fait? Hà! je n'ai rien à dire,
Et je ris avec vous, vous êtes très-profond
En cette matière-là, par fois aussi fécond...
Il faut se rendre enfin... me voilà donc docile...
Allons nous coucher... — où?... — chacun dans son asile...

CHANT TROISIÈME.

Particularités du monde de la Lune. Que les autres Planètes sont habitées aussi.

Le jour suivant, Céphise, étant à déjeûner,
Désiroit dans la lune, attendre le dîner,
Mais je m'y refusai, c'est en voyant les astres
Que l'on doit définir leurs contours, leurs cadastres. (1.)
Non, non... dès-lors, lui dis-je, à ce soir, s'il vous plaît,
De tout astre, ou soleil, pour tracer le portrait.
Le soir ayant paru, nous allames bien vite
Vers notre endroit chéri, reprendre notre gîte...
J'ai du nouveau, marquise! ... hé bien! ces habitans
Que j'ai mis dans la lune ... oui, comme des enfans,
Nous avons raisonné, c'est une erreur palpable ....
—Je dis moi, que c'est vrai, certe il est vraisemblable
Qu'on habite cet astre, et je ne souffrirai pas
Dussai-je me réduire au plus grand embarras,
Que m'ayant disposé pour fixer des figures,
Vous placiez au néant de telles conjectures.
— Marquise vous avez l'imagination,
Un peu trop vive, il faut plus de réflexion ....
Comme de saint Denis, j'ai parlé de la lune,
Vous de même ... entre nous, cette erreur est commune.
Et la lune, ou la terre, ou Paris, saint Denis
Il est telle nuance, ou nos yeux asservis
Doivent nous replacer pour mieux nous reconnoître,
Et pour bien réfléchir les desseins du grand maître.
Sans perdre tout espoir, revoyons les effets
Des situations, leur chûte, et leurs reflets.

Le soleil par ses feux agissant sur la terre,
Il pompe des vapeurs, en remplit l'atmosphère,
Il forme tout autour, des nuages épais
Qui défendent par fois, que l'on voye nos traits,
Ou du moins on le voit tantôt changeant de face,
Avec tache, ou grosseur, changer enfin de place,
Tandis que dans la lune, il n'est point de vapeurs,
Le soleil n'y fait rien, par toutes ses chaleurs ...
— Vous vous moquez Nelson, c'est surtout dans la lune
Qu'il faut voir des vapeurs, et sans être importune,
Je vous le soutiens moi — ... Céphise c'est un tort,
La lune ne contient sous tout autre rapport,
Que corps durs... des rochers...—Et ces mers, ces rivières...
—Ce n'est que conjecture, et de même les terres ....
Nous prenons pour des eaux, certaines cavités ...
Peut être au moins, qui peut donner des suretés?
Ce ne sera pas moi ... — Mais de ma patience,
Nelson vous abusez ... votre belle sentence
Proscrit nos habitans, je perds donc tout espoir ....
— Quelle vivacité! donnez le temps de voir,
Et repeuplons la lune ....— Il faut que je t'embrasse ...
Mon aimable Nelson! cet espoir débarasse
Mes esprits d'un grand poids .... ami, mon cher docteur
Hâtez-vous de prouver .... — Pour prix de ta faveur
Adorable Céphise! il faut donc dans la lune,
Revoir nos habitans ... comme vous sans rancune
Expliquons ce systême ... oui la lune n'a pas
Nuages à sa suite ... elle a d'autres appas,
Elle peut exhaler des vapeurs différentes,
Formant d'autres effets, causes efficientes,
Il faut le supposer, et c'est nécessité,
De ne pas croire en elle, une autre dureté.

Etrange même au marbre qui change, ou qui s'altère,
C'est donc la rapprocher tant soit peu de la terre;
Qu'en résultera-t-il? des effets différens,..
Et tant mieux... il n'importe ... il est des mouvemens...
Leurs habitans enfin, d'une autre subsistance
Naturelle au pays, n'auront pas moins l'essence....
— Voilà des habitans, voilà des citoyens
Qui pour vivre en leur astre, ont trouvé des moyens....
— Leurs airs sont différens, de la lune à la terre,
Il est grande distance, et c'est une chimère
De supposer qu'un jour, nous pourrons bien voler
De la terre à la lune, autant voir enroler
Les oiseaux, les poissons, pour le vol et la nage,
Et pourtant on le voit, en écaille, ou plumage,
Des poules, des pluviers choisissant leur séjour
Dans les eaux, dans les airs, habitans tour-à-tour...
  Sans être donc certains, croyons que la nature
Est puissante par dieu, sans règle, ni mesure....
— Nelson! mon docte ami! c'est vous qui parlez d'or,
Que j'aime à vous entendre! à tout donnant l'essor,
Vous fixez au systême, une couleur vivace
Qui charmant nos esprits, jamais ne s'en efface...
— Votre indulgence, amie! en vous faisant la cour,
Sans prouver mes raisons, démontre votre amour,
Ce bonheur ineffable ajoute à tout mon zèle,
Il est le sur garant d'une flamme éternelle...
Mais revoyons la lune, il est donc un autre air,
A tel, ou tel dégré, de même un autre clair,
Et l'on sait éprouver qu'à certaine distance,
On ne pourroit souffrir l'extrême différence.
  Voilà donc tout exprès, un terme à nos désirs,
De naviguer trop haut, nous privant des plaisirs,

On ne peut dépasser certaine barrière,
De tout astre sans doute, étant la frontière.
Voyons pourtant, comment on pourrait deviner
Les secrets de la lune, il faut examiner....
D'abord quant aux couleurs, on voit que leurs nuances
Représentent plus haut, nombre de différences;
Leurs astres et leurs cieux sont d'une autre couleur,
Leur lunette, c'est l'air, à travers la vapeur,
Plus ou moins rembruni d'essences condensées,
En exhalaisons assurément pressées,
Cet air à la lunette, offre aspect différent,
Dans la position du vaste firmament.
 Ici l'air parait bleu, plus haut de couleurs noires,
En gris, ou jaune, ou rouge, offrant les accessoires,
Il faut que la lumière arrivant du soleil,
En pénétrant les airs ait un reflet pareil.
 Un flambeau vu de loin, jette couleur rougeâtre,
Ce n'est pas sa nuance, étant assez blanchâtre,
L'air influence donc sur l'aspect des rayons,
De tout jour et lumière en ses réfractions,
Donc aussi dans la lune, à travers la lunette
On voit différemment notre terre, ou planète,
— Je préfère la terre en sa belle couleur,
Craignant le noir, le gris d'un divin vernisseur,
Qui pourroit nous donner planètes rouges, vertes,
Vainement aux ballons, elles seroient ouvertes;
Je m'en-tiens à ma vue, au bleu parsemé d'or,
De sa vive clarté me présentant l'essor.
— Céphise, croyez-moi, croyez que la nature
Si puissante par dieu, de superbe parure,
Peut orner son ouvrage, et trouver des moyens,
Pour combler ses faveurs, et ses dons, et ses biens,

— Il est certain, Nelson, d'abord, que la morale
Nous remplit tous par fois, d'une ardeur colossale :
Alexandre-le-Grand voyoit notre séjour,
Comme un petit réduit pour composer sa cour.
— Céladon le verroit comme un site d'Astrée,
Démocrite au contraire, en son ardeur outrée,
Donnoit cette demeure aux vrais topinanbous,
Bien dignes d'occuper un hôpital des fous.
Peut-être dans la lune, on ne voit pas d'aurore,
Ou d'aube, ou crépuscule, au bel instant d'éclore,
Et peut-être y voit-on le plus vif incarnat
Eblouir tout-à-coup de son brûlant éclat.
De l'arc-en-ciel aussi, peut-être dans la lune,
Les nuances de feux, on n'aperçoit aucune,
N'ayant point de brouillards et certain air épais...
D'un bel éclat toujours, on voit briller ses rais, (2)
Elle est pourtant cernée en telle circonstance,
Et désigne le temps, suivant son influence.
Mais son air étant pur, et sans exhalaisons,
Les tempêtes et foudre, aux palais et maisons,
Sauvent tous les dangers, et nuage et tonnerre
Qui signalent de Dieu l'éclatante colère.
Mais lorsque le soleil de ses ardens rayons,
Vous brûle tout le jour, comme des tisons,
Ce jour en valant quinze, est-on plus à son aise ?
— C'en est donc fait, il faut qu'ici, chacun se plaise...
— Mais aussi dans la lune, il est sortes de puits,
Dans les plaines surtout, formant de vrais réduits,
Et ces grottes sans doute auront été placées
Pour se communiquer par nombre de chaussées ;
Or, toute grande ville, et châteaux, ou palais,
Y sont bâtis ; peut-être y voit-on des marais,

La Rome souterraine est bien plus spacieuse,
Que celle étant sur terre, or, l'habitant la creuse,
Comme en tout, dans la lune, on verra des séjours....
--Vous plaisantez encor, comment avoir vos jours?
— Et le Palais royal, sans nous porter à Rome,
De possibilité nous donne le symptôme,
Pour souterrains, caveaux, et leurs restaurateurs...
Les ballons... les quinquets... dont nos anciens auteurs
Seroient bien étonnés.... Fontenelle lui-même,
Croyez donc que des dieux, la ressource est suprême....
— Je ne puis me résoudre, ami, mon cher docteur,
A voir des habitans en sombre profondeur.
— Mais le Palais royal... voyez-y ma Céphise,
Les jeux, les chants, les ris, de joyeuse entremise,
Enrichir les accords... Un sage fort ancien,
Qu'on nommoit Philosophe, dans un canton payen,
A bien mis dans la lune, un donjon de plaisance;
Chaque âme bienheureuse, en ce lieu de bombance,
Il rassembloit pourtant, leur donnant des concerts
D'astres et mouvemens, dans leurs brillans déserts,
Puis les faisant crier, quand la lune dans l'ombre,
Se plongeoit de la terre, en un réduit trop sombre;
Comme un puits, par exemple, où de si beaux concerts,
Personne n'entendoit, les accens trop couverts....
—Nelson! au moins rions de toute aimable fable,
Il n'en est pas ainsi d'un amour véritable.
— Non, ma belle Céphise, à voir notre ferveur,
Ha! nous partageons bien son éternelle ardeur...
Mais voyageons ensemble en plusieurs autres mondes,
Et découvrons des cieux, les vérités profondes,
Ce voyage en idée, offre de vrais plaisirs,
Il satisfait nos vœux et distrait nos loisirs;

Mais s'il falloit aller au Japon, à la Chine,
Ramper le long du globe, avec vaisseaux, berline....
Très-souvent par la pluie, et tantôt par le froid,
En avant, de travers, tantôt couché, tantôt bien droit.
Ma foi c'est un peu long, ici, chère marquise,
J'abrége le voyage, en fixant ma Céphise,
Lorsque d'une carresse, auprès de ces beaux yeux,
Je reçois la faveur, c'est voyager aux cieux....
— Mon Nelson est galant, il joint à la science,
De l'amour et ses feux, la merveilleuse essence,
Mon bon, mon docte ami! je partage ces feux,
Et je crois que l'hymen en bénira les vœux;
En l'attendant, mon cher, faisons notre voyage.
— Toujours quelque remise, en mon brûlant hommage....
Céphise, voyageons... Ha! je te tiens, Vénus!!!.
Tu ne délaisse pas le soleil, ou Phœbus,
Sans quitter la lunette, on remarque en cet astre,
Que Vénus de la lune a tournure et cadastre, (3)
Les variations... moitié... pleine... ou croissant...
Comme elle voit la terre, elle est au firmament,
Ainsi que notre lune, elle est donc habitée.
— Dès-là, mon cher Nelson! cette erreur arrêtée,
Toute planète au ciel, aura ses habitans,
Tel systême est facile avec nos grands savans...
— Hé bien! en autre erreur, faudra-t-il pour vous plaire,
Des astres, des soleils, chasser et peuple, et maire?...
— Mon docte ami Nelson, n'allez pas vous fâcher...
— Mais aussi ma Céphise, on vous voit éplucher,
Discuter, découvrir des erreurs, ou sottises,
De savans très-connus, fixant les analyses.....
— Ingrat, peux-tu le dire? à moi qui des soleils,
Crois aux bons habitans, à leurs juges, conseils..,

— Un seul petit baiser, Céphise, en l'occurrence,
De ton pauvre Nelson, calmeroit la jactance...
Il faut me le donner... — Mais bon, le voilà pris...
Sur tout systême il faut à monsieur, quelque prix....
— Toute planète enfin, devant être habitée,
De saisir leurs secrets, nous sommes à portée,
Prenez garde, Céphise, en notre continent,
Parmi les animaux, il est plus d'un serpent,
Il est plus d'un ciron, et bien d'autres espèces
Que nous ignorons tous, ainsi que leurs richesses.
Voyez un microscope, une goutte de jus,
De vinaigre, ou de pluie, ou lait, ou de verjus,
Laissez corrompre tout, on voit des nouveaux mondes,
D'insectes, vermisseaux, les spectacles immondes.
Une feuille, un caillou sont de vrais continens,
Où l'on voit quantité de vers et de serpens :
Quand la lune seroit un gros amas de roches,
J'y placerois du monde, et clochers, et des cloches....
— Oui, tout est animé, je l'aperçois, Nelson,
Au moins pour cette fois, vous avez bien raison;
Mais comment définir tant de nouveaux visages?
Qui nous sont si voilés par des épais nuages?
— Je vous l'ai déjà dit, je ne jure sur rien,
Et par fois avec moi, tout est mal, ou fort bien,
Habitant de la lune, habitant de la terre,
Habitant de Vénus, ou d'un autre hémisphère,
Chacun a sa figure, ici raisonnement,
Par forte expérience... ailleurs autre élément...
Ici c'est le passé, mais là.... chose future,
Qui règle par son ordre, une telle aventure....
— J'entend, n'assurant rien, quelque sixième sens
Viendroit fort à propos pour rassurer vos gens,

Et dans Saturne encor, organisant leur troupe,
Vous voudriez sans doute y boire en même coupe,
Reconnoître et décrire autre sensation,
Démontrant les plaisirs d'imagination....
— Non, pour moi, c'est l'amour qui fixe mon idée,
Par telle jouissance, elle est souvent guidée,
Quand je vois ma Céphise, est-il autre soleil?
C'est l'amour qui raisonne; il tient son grand conseil...
J'en suis toutes les lois, définissant la lune,
Ou Saturne, ou Mercure, et la nuit, ou la brune.....
Hé bien! est-tu contente?...— ha... des doutes marqués,
Je voudrois, cher Nelson, qu'ils fussent expliqués....
— Ecoutez-donc, Céphise, il est une planète
Que je vous nommerai...— Voyons l'historiette...
— Elle a des habitans extrêmement adroits,
Vivans de seul pillage, en différens endroits,
Et d'une chasteté que l'on voit surprenante,
Sans être méritoire... elle est bien amusante,
Cette espèce est stérile...— Or, telle nation
Ne peut se reproduire?...— Un peu d'attention,
Elle a certaine reine étrangère aux affaires,
Ne se mêlant de rien, ni des grands dignitaires,
Des nobles, ou lettrés, laissant l'état en paix,
Grosse, grande, puissante, un superbe palais
Renferme ses atours, il est rempli de chambres
Pleines de tous parfums, de roses, de gingembres,
Pour nouveau petit prince, il est niche, ou berceaux,
Où la reine des lieux accouche de ribauds (4)
En présence des chefs d'une cour fort brillante.
— Les amans, les maris de la belle *accouchante*,
Nommez-les donc, Nelson....— Fort bien, je vous entend,
En Orient, Afrique, on y voit des enfans,

Nés en pareils sérails, il est même des femmes,
Ayant sérail en homme, orné de leurs bigames,...
Ici, chez notre peuple, il est des paresseux,
Naturels du pays, sans sortir de chez eux,
Ils sont pour propager, chacun y paroît père...
De dix milles enfans, quand la reine est la mère,
Ses exploits sont finis... aussitôt de la mort,
Arabes la frappant, lui destinent le sort....
— Est-ce tout, cher Nelson? Ha! laissons cette fable....
— Céphise, je le dis, l'histoire est véritable,
Des abeilles encor, vous ignorez les mœurs,
Je vous les apprendrai, leurs usages.... humeurs...
— En effet, je le crois.... déjà je connois mieux l'histoire
De tous nos vers à soie, et j'ai dans la mémoire
Leur rythme, ou caractère... On voit assurément
Que tout genre a son mode, en tout bien différent.
—Ainsi des petits vers rempent tantôt à terre,
Et dans les airs bientôt, parcourant l'atmosphère,
Ils nous donnent l'exemple, en l'Être tout-puissant,
Du droit de nuancer dans chacun habitant,
Dans chaque peuple enfin, ou les moyens de vivre,
Ou de se repeupler, suivant tel mode à suivre:
Quelque jour méditant sur un si beau travail,
Des changemens divers, je ferai le détail...
— En attendant Nelson, allons rêver recette,
Pour nous donner encor habitans de planète.
— Céphise, bonne amie... embrassons-nous au moins,
Avant de retrouver des aimables témoins,
Ils sont dans le sallon.... puisse une nuit très-bonne
Egayer la santé de ma belle pouponne....

CHANT QUATRIÈME.

Particularités des mondes de Vénus, de Mercure, de Mars, de Jupiter, et de Saturne.

CEPENDANT Phobétor, et les dieux du sommeil,
De l'aimable marquise, animant le réveil,
De leurs songes galans, propageoient les nouvelles,
Agitoient tour à tour les amans et les belles;
Le doute, les erreurs dans tous leurs résultats,
De nos discutions, varioient les états;
Mais il fut décidé d'après nos conjectures
Qu'on ne chercheroit plus à peindre les figures
De tous les habitans de planète, ou soleil,
Comme nous le faisions en songes, ou sommeil.
  Reprenons-donc Vénus, c'est vous belle Céphise!
Vous en avez la grâce et l'élégante mise....
— Faisons notre voyage... — On peut le soupçonner...
Sur elle-même on dit Vénus se retourner,
Combien durent ses jours? En vain on le demande,
On ne peut le savoir... par sûre dividende, (1)
On connoît son année, on s'y trompe par fois,
Mais on paroît certain qu'elle est près de huit mois,
Puisqu'au tour du soleil, sûrement elle tourne,
Et qu'y mettant ce temps, ensuite elle retourne...
Grosse comme la terre, on lui paroît ici,
Comme elle est envers nous, chacun le voit ainsi.
— J'en suis très-satisfaite, et nous voilà l'étoile
Du berger des amours, ornés de riche voile

Vénus et ses fils... nous serons pour le soir......
— Ce que tu vois toi-même, *en fixant ton miroir....*
Mais on peut l'assurer, avec la différence,
Que de près, ou de loin, c'est la même nuance,
Avec l'autre Vénus, elle est fort mal de près;
En lorgnant ce bel astre, on trouve tel excès.
Ce n'est qu'un grand amas des plus hautes montagnes,
Sans rivières, ni mers, sans plaines et campagnes,
Sa disposition procure cet éclat,
Qu'on remarque en tout temps en son brillant état,
Cette nature ainsi, réfléchit la lumière,
Sûrement beaucoup mieux que ne fait notre terre,
De ses mers, couverte, unie en bien des sens.
— Tant pis, mon cher Nelson, je voudrois que nos gens
Sur la terre placés, de la galanterie,
Eussent tous pour Vénus, l'aimable expiéglerie.
— Oui, je le crois, ma chère, en cet astre brillant,
Sylvandre, ou Céladon, tout doit être galant,
Chacun est un Saint-Preux, chacune est Héloïse,
On y voit les attraits de ma belle Céphise....
-- Et docteurs aussi beaux que mon galant Nelson.....
-- Si proche du soleil, le brûlant Cupidon
Doit donner à Vénus bien du fil à retordre, (2)
Et ses graces surtout, égratigner, ou mordre....
-- Je le vois bien, ami, de si chauds habitans,
Sont de vrais grenadins, et comme eux suffragans
Des princes du soleil, bien rôtis par sa flamme,
C'est pour les vrais talens, tout esprit, et toute ame,
Des vers, de la musique, et danses, et tournois,
Ce sont des troubadours, ou chevaliers courtois.
-- Mores et grenadins, n'en soyez pas surprise,
Lapons pour la froideur, seroient chez eux, marquise;

Dans Mercure surtout, plus près, plus de deux fois,
Que nous tous du soleil, là vraiment aux abois,
Pleins de vivacité, ressemblans à des Nègres,
Ils n'ont pas de mémoire, étants fous, trop allègres,
Et Mercure sans doute, en esprits de travers,
Renferme tous les fous de ce vaste univers;
Notre soleil chez eux, est de largeur énorme,
D'un tour neuf fois plus gros, leur présentant la forme,
Leur chaleur est très-forte, et dans leurs plus beaux jours,
Ils ne pourroient pas voir le plus rapide cours
Du fleuve le plus grand; la chaleur de l'Afrique
En ses plus forts excès, leur paroîtroit modique.
  L'argent, le fer, et l'or, tout se fondroit chez eux,
Ils seroient en liqueur, comme l'eau pour nos yeux,
Qui pourtant dans l'hiver, par fois devient si dure,
Qu'elle porte très-lourd, sans crainte de fracture.
  On connoît leur année, elle est bien de trois mois,
Pour le jour, on ne sait, s'il en vaut un, ou trois.
-- Or, Mercure est si chaud, qu'en forte pluie, orage,
Il faut le rafraîchir, sans danger, ni dommage,
Protégez, cher Nelson, ses pauvres habitans.
-- Fort bien, Céphise, on peut ainsi que nos savans
Composer dans Mercure, et frimats, et tempêtes,
Puisqu'on en voit en Chine, où d'excellentes têtes
Notent dans ce pays, de très-grandes chaleurs,
Et de froids très-serrés, les communes rigueurs!
  De telles régions sont fortes de salpêtres,
Dans nombre de vapeurs, on aperçoit sur-naître
Nuages, gros brouillards, calmant les plus grands feux,
Que lancent les rayons du soleil et des cieux.
  Ainsi plein de salpêtre, on peut faire Mercure,
Mais n'importe comment, les dieux et la nature

Ont des secrets certains pour produire des mets
Propres à l'estomach, ou durs, ou très-mollets.
--Mais voyons le soleil, ha! dans cette planète,
Vous ne pourrez placer ni des bourgs, ou villète....
--Et pourquoi non? au centre, et lançant tous ses feux,
On les voit éclairer, et la terre, et les cieux,
On le disoit très-pur, bientôt voyant ses taches
Qui voltigeoient en lui comme fortes moustaches, (3)
Planètes on les crut, par mouvement pareil,
Tourner et retourner tout au-tour du soleil,
Et déjà les savans flattant les plus grands princes;
Ils leur donnoient leurs noms et ceux de leurs provinces,
Chacun avoit sa tache, et l'on se fut battu,
Pour d'un prénom si beau, voir son nom revêtu.
--Cela n'étoit pas bien, sur la planète entière,
Les princes commandans, en justice première,
Tous ces grands noms de tache et d'astres si nouveaux,
Ils devoient des savans, orner les chapiteaux.
--On reconnut l'errreur des taches, des planètes,
Tout cela disparut comme bien des poëtes....

D'écume et de nuage, on vit tous les brouillards
Qui sortoient de cet astre, et frappoient nos regards,
Et l'on crut ce soleil de matière liquide,
Or, ou métal fondu qui bouillonne... est fluide...
Et jettant ses vapeurs, obscurcit ses rayons.
Et ces taches d'ailleurs par doubles millions,
Sembloient d'une épaisseur plus grosse que la terre,
Y compris le soleil si vaste en l'atmosphère
Que la terre en son orbe, est un très-petit point,
Qu'on aperçoit à peine, étant vu de si loin.

Ces taches ne sont pas productions nouvelles.
En leurs positions, on les dit éternelles,

On les soutient par fois, être un amas de corps,
D'un combustible aride, animant les ressorts....
Nourrissant le soleil, ou le feu de ses flammes
Dont les rayons sur nous projettant tant de lames,
Sembleroient tout brûler, s'ils n'étoient affoiblis
Par leur distance énorme, et brouillards, et les nuits.
Et ces taches enfin, ou de telle nature,
Ou de telle autre, on voit en cette conjecture,
Qu'on ne peut pas vraiment habiter le soleil.
-- C'est dommage, Nelson, pour tenir un conseil,
Ou sinode divin, cette belle planète
Au vrai centre du tout, auroit son assiète,
Projettant sa lumière, éclairant tous les dieux,
Elle seroit très-bien pour la terre, et les cieux.
-- On ne peut supporter sa flamme violente,
Lorsque l'on sent de près une ardeur si brûlante...
N'en parlons plus, Céphise, et voyageons encor,
Dirigeons-nous vers Mars, reprenons notre essor,
Nous avons bien marché, des millions de mètres,
Nous avons parcouru les vastes diamètres.
Mars n'est point curieux, à peu-près mêmes jours,
A peu-près double année, on en cite le cours,
Il paroît de cinq fois plus petit que la terre,
Et ne fait pas grand bruit, au céleste hémisphère,
Le soleil est par-là, d'un chaud fort tempéré,
Et son climat en est plus ou moins altéré.
Mais voyons Jupiter, ses quatre satellites,
O planète jolie! en ses brillans orbites,
Jupiter est douze ans, pour tourner le soleil,
La lune autour de nous, dans un ordre pareil,
Et tourne, et puis retourne, et quatre petits astres
Vont tourner Jupiter, de même sans désastres,

La route est bien tracée, et chacun en chemin,
Marche d'un pas très-sûr, sans nuire à son voisin.
-- Il me semble, Nelson, que certaines nuances
Devroient mieux s'observer sur les tours et les chances,
Comme étant le premier, le soleil pour tourner,
Devroit fixer la marche et faire retourner
Qui bon lui sembleroit, n'est-il donc pas le maître?
Satellite, ou planète, on doit le reconnoître.
-- Ho! vous ignorez donc l'effet des tourbillons,
De Descartes, Céphise! on vous doit les leçons.
-- Nelson! mon cher ami, s'il faut une embrassade,
De ces nouveaux venus, je veux voir l'escapade...
 --D'abord payez-moi bien... et sans autres raisons...
C'est bon, ma tendre amie!... -- Or donc, les tourbillons...
-- C'est un amas épais et d'airs, et de nuages,
Un tourbillon, des vents, contient les assemblages,
Il forme un corps en l'air, étroitement uni
Qui s'amasse, ou déploye, et croît à l'infini,
Fixant, entraînant tout par mouvement rapide,
Planètes et soleils, il fait mouvoir et guide.
 Tous ces astres divers sont portés dans les cieux,
Et l'air qui les soutient représente à nos yeux
Une flote sur l'eau, sur ce grand corps liquide,
Faisant voguer son poids, sa marche elle décide.
-- Ainsi donc l'air céleste est spatieuse mer
Portant astres, soleils sans besoin de ramer,
Ils marchent tous ensemble et chacun suit les chances
De vastes tourbillons en diverses nuances.
-- Vous l'avez dit, marquise, et soleil au milieu,
Pour présider à tout, paroît fixe en ce lieu.
Chacun tourne pour lui, si quelque privilége
Nous semble toléré, c'est un autre siége,

C'est par exception, avec différens soins,
Et Dieu seul en connoît les ordres, les besoins.
Mais le grand tourbillon en ses routes prolixes, (4)
Entraîne, emporte tout, soleil, étoiles fixes...
Les planètes d'accord, suivent son mouvement,
Marchant, formant des tours par ordre différent,
Toute planète enfin, est de même entourée,
Et par son tourbillon, repoussée et serrée.
Si dans un tel amas, tombe quelque soleil,
Comète, ou tel autre astre, en un ordre pareil,
On voit soleil tourner, et comète tombée
Suivre même chemin, comme à la dérobée.
Dès-là, par ce principe, en notre tourbillon
La lune étant échue (6) par telle occasion,
Nous étant fort utile, on la force à nous suivre,
Et pour nous éclairer, avec nous à bien vivre,
Elle obéit très-bien, et jusqu'ici la paix
Pour régner entre nous, semble faite à jamais.
Mais si de Jupiter, en suivant l'influence,
De tomber près de lui, nous eussions eu la chance,
Lui mille fois plus gros, il nous eut englouti,
Et pour marcher ensemble, on se verroit rôti....
-- Ma foi, c'est fort heureux, un rien cause une crise.
-- Au ciel, comme ici bas, vous le voyez, Céphise...
Mais nous pourrions gagner suivant tel mouvement,
Petits mangeant les gros, à terre, au firmament,
Il faudroit attaquer deux ou trois minces planètes,
Comme Mercure et Mars, ces petites cornètes,
Nous croquerions bien vîte, ou pour nous éclairer
On les obligeroit de bord à revirer.
Mais partout dans les cieux, les places sont marquées
Très-difficilement elles seroient bloquées,

Et comme l'huile, ou l'eau, portant la pesanteur,
Entrant, ou n'entrant pas, suivant telle liqueur,
Chaque astre a son degré, son air, et sa nature,
Dans tout site arrondi, chacun va sans murmure.
  Mais quand à Jupiter, il se trouve cinq fois
Bien plus loin du soleil, et sans cesse aux abois,
On le verroit bientôt, sans quatre satellites,
Qui pour mieux l'éclaircir, disposent leurs orbites,
Toujours en mouvement, pour se lever, coucher,
En feux perpétuels, ils semblent s'épancher,
En leurs différens cours, se formant des ellipses,
On aperçoit chez eux, très-souvent des éclipses.
— *On aperçoit*, ainsi voilà des habitans,
Mon bel ami Nelson, que vous plantez céant,
Ils seront les vassaux de Mars et de Mercure,
Pour rendre plus touchante, une telle avanture,
On pourroit bien nommer cinq ou six députés
De chaque satellite, honorés et portés
Vers l'astre de Jupiter, pour présenter hommage,
Vu l'immense puissance, en un tel personnage,
— Mon aimable Céphise, entre nous Jupiter
N'est pas aussi puissant... on pourroit l'attester,
Il est vrai qu'il fait peur à quatre petits astres
Dont il pourroit causer les malheurs, les désastres,
Il est vu, par l'un d'eux près de seize cents fois,
Plus grand que notre lune, on peut être aux abois,
Si l'on fixe un tel monstre, et jadis chez les Gaules
Craignant de voir tomber le ciel sur leurs épaules,
On eut bien craint sans doute un globe monstrueux,
D'un poids aussi pesant sur la voûte des cieux.
  Quand aux changemens, à toutes ces ellipses
Dont je vous ai parlé pour former les éclipses,

Le grand Ticho-Brahé ne les redoutoit pas,
Se moquant de la peur qu'on en prend ici bas;
Mais le bon homme avoit mille et mille autres craintes
Dont son cerveau profond ressentoit les épreintes.
Une vieille, ou lièvre allant sur son chemin,
En tel, ou tel côté, lui causoit tel chagrin,
Qu'il n'osoit plus sortir, et fixe en sa demeure,
Il attendoit alors une plus heureuse heure.
—Je voudrois bien savoir, mon aimable Nelson,
Si Jupiter peut voir le petit tourbillon
De notre terre. — Hélas! je doute fort, marquise,
Qu'il puisse apercevoir clocher, ou tour, Eglise...
Et même tout son corps, de cent fois plus petit
Que nous ne le voyons, quand on le définit.
On ne la voit donc point notre très-mince terre,
Paroissant en cet astre ainsi qu'une misère.
Pourtant en lorgnant bien, son journal des savans,
Aura pu signaler quelques petits croissans,
Ensuite une ombre, un point, et ce point c'est la terre.
Les doctes du pays, gens à grand caractère,
L'auront tous décidé, dès-là, dans Jupiter,
On nous croit dans ce monde, et sans plus discuter...
— Chacun doit discourir.... Quel est ce petit astre?
Seroit-il habité?.... — Puis quelque Zoroastre (6),
Quelque bon astronome assurera le fait,
Ne pouvant le prouver, comme étant trop abstrait,
On se moque de lui, l'on intente peut-être
Un procès criminel au sorcier petit-maître,
Qui pour se distinguer, invente en l'univers,
Des mondes allant droits, ou marchant de travers.
Jupiter est fort grand, il est des découvertes,
Qu'un Christophe Colomb dans ses îles désertes,

Fairoit facilement ; nombre de nations
Peuvent sans se connoître avoir bien des cantons.
Mais dans Mercure au moins, c'est une promenade,
Où chacun est voisin, et peut d'une ambrassade
Atteindre sa bergère... — En imitant Nelson...
— *C'est vous qui l'avez dit*, et j'en prends la leçon.....
Ce grand tourbillon tient près de seize planètes,
Ainsi qu'on le remarque avec grandes lunettes,
Nous n'en voyons que sept.... c'étoit une faveur
Qui nous ménageoit bien surprise, comme erreur,
Mais nous avons mieux fait, et par l'astronomie,
Nous voyons de ces neuf, la phisionnomie.
Des lunes à chacune, on peut distribuer,
Les compter, ou décrire, et les constituer,
Définir nuits et jours, plus ou moins de lumière,
Donner, offrir, livrer, à tout, astre, ou bien terre,
Jours très-longs, ou fort courts, comme ils sont éloignés,
Les rayons sont fournis, sont même prodigués.
Quand la nature donne, et grande, et magnanime,
Elle est toujours par Dieu, généreuse et sublime,
Saturne, ou Jupiter, ou Vénus, ou bien Mars,
Mercure aussi compris, un chacun a ses parts,
Et très-bien arrangé, nul ne pourroit s'en plaindre;
On ne doit qu'applaudir sans hésiter et craindre.
Il faut exception, mais seulement pour Mars,
Qui plus loin du soleil en ses rayons épars,
Peut bien ne pas trouver une grande lumière,
Ainsi que dans Vénus, et même sur la terre,
Mais de brillant phosphore, on connoît les effets,
Et de tout son éclat, les superbes reflets.
Vous pourrez pressentir que nombre de montagnes,
Se trouveront dans Mars, sans plaines, ni campagnes,

Et que tous ces hauts monts établis en fannaux
Seront pour éclairer tout autant de flambeaux,
Les cailloux, les rochers, tous formés en phosphores,
Lanceront la lumière, avec leurs météores.
  En Amérique on voit des oiseaux lumineux
Dont on peut se servir pour faire voir les yeux,
Mars en sera pourvu... — Tout cela m'importune...
Hé ! mon Dieu ! cher Nelson ! qu'il ait aussi sa lune.
— Je le veux bien, Céphise ! on doit pourtant aux cieux,
S'habituer par fois aux changemens fâcheux.
  Il faut qu'un philosophe, ou mâle, ou bien femelle,
Puisse aussi se passer de vision charnelle...
  Mais parlons de Saturne et laissons notre Mars,
De cercles et d'anneaux, discutons les écarts,
Qui ne seroit surpris de voir fournir lumière,
Avec anneaux et cercle, ici sur notre terre.
— Mais n'y placez-vous pas aussi des habitans ?
J'en mettrois, moi, Nelson, en dépit des plaisans.
— Les anneaux et leur cercle, ont chacun leur surface,
On peut pour l'habiter, y trouver sure place.
  Saturne est misérable et cent fois plus petit,
Notre soleil s'y trouve, avec mince crédit,
Si brillant pous nous tous, là, très-blanchâtre étoile,
Il ne paroît couvert que du plus épais voile,
Les pays les plus froids, leur sembleroient très-chauds,
Pour les faire suer, ce seroient des réchauds.
  En Groenlande enfin, ou dans la Laponie,
Le froid est la chaleur, pour telle colonie,
Leur eau deviendroit marbre, et tout esprit de vin
S'y trouverroit glacé, même le superfin.
— En vérité, docteur ! je ne suis que de glace,
Et d'un autre astre ici, démontrant la surface,

J'étois bien autrement, je vous le dis, Nelson !
Je désire rester dans notre tourbillon,
Je le trouve fort bien, tout est fait pour m'y plaire...
— Céphise et son ami peuvent se satisfaire....
Mais demain les plaisirs ne nous manqueront pas,
D'autres astres nouveaux, nous verrons les appas,
M'écartant des raisons tant soit peu trop prolixes,
Je pourrai vous parler de nos étoiles fixes.

CHANT CINQUIÈME.

Des étoiles fixes, des soleils, et toujours des mondes, et de leurs habitans.

BON soir, mon cher Nelson ! dites-moi promptement,
Ce que vous voulez faire en notre firmament,
De toute étoile fixe, est-elle colonie ?
Principauté, duché, marquisat, baronnie ?...
— Considérons d'abord, la distance au soleil,
Elle devient énorme... en un ordre pareil,
Chaque étoile en cet ordre, étant très-lumineuse,
Sur l'astre principal, n'est point entrepreneuse,
Elle doit s'en passer, le voyant de si loin,
Toute étoile est soleil, très-brillante en son coin,
Ou bien son tourbillon qui par faveurs communes,
Lui produira de même, et planète, et ses lunes.
— Voilà donc, cher Nelson ! une masse de corps
Surement monstrueux, leurs immenses ressorts
Sont faits pour effrayer !... — Mais point du tout, marquise !
Je suis plus à mon aise, ayant bon air, et bise,

J'étois trop resserré dans un seul tourbillon,
Me voilà grandement, en superbe horison;
Je respire en effet, dans un très-vaste espace,
Et mes yeux pour tout voir, ne manquent plus de place.
Rien n'est plus imposant! il falloit être un Dieu,
Mais un Dieu créateur, magnifique en tout lieu,
Puissant par ses moyens, riche par la nature,
Pour opérer des cieux, la superbe structure,
Cela tient du miracle, et tel semble à nos yeux;
Non, rien n'est comparable à la voûte des cieux.
Ainsi donc toute étoile est pour nous un vrai monde,
Avec ses attributs, son espèce profonde,
Et tous ces tourbillons, ces planètes, soleils!!!.
— Que devient notre terre, après globes pareils?
Ce n'est plus qu'un seul grain de sable ou de poussière,
Où nous sommes Cirons d'une fourmilière,
Je suis humiliée, et n'ai plus cœur à rien,
On est par fois si vaine, avec naissance et bien.
--Joignez-y la beauté... mais vous, tendre Céphise!
Vous êtes loin des tons de princesse, ou marquise,
Affable et bienfaisante, on connoît vos vertus,
Vous êtes bien Pallas sous les traits de Vénus....
--Mon bon ami Nelson! que vous êtes aimable!..
Vous me rendez la vie un peu plus estimable...
Ha! qu'il est doux de plaire aux savans tels que vous!...
— Mes très-foibles talens, tout est à vos genoux.....
Certain auteur qui tient pour la lune habitée
Et toute étoile fixe, en sa tête montée,
Assure qu'Aristote a connu tous ces faits,
Mais qu'au grand Alexandre, il en cacha les traits,
De peur de le fâcher; s'il eut su voir un monde,
A pouvoir conquérir dans les airs, ou dans l'onde,

Le sang auroit coulé... superbe conquérant,
Il eut massacré tout, pour atteindre au croissant...
Et notre pauvre lune et beaucoup d'autres astres,
D'une guerre cruelle, auroient vu les désastres.
O vous, grands de la terre ! ô jeunes potentats !
Reconnoissant pour Dieu, restez dans vos états,
Vous si grands, si petits, voyez votre poussière,
Et tourbillons planer sur la fourmillière.
Ce qui m'en plaît, Céphise, avec nos tourbillons,
C'est que malgré leurs corps si hauts, si gros, si ronds !
En votre taille svelte, on admire les grâces,
Qui toujours des amours ne quittent point les traces.
Une étoile, ou planète, ou comète, ou soleils,
Et toute lune ayant des attributs pareils,
On doit les définir dans toutes leurs essences,
Pour marcher, séjourner avec mêmes nuances,
Pour garder, ou produire espèces, habitans,
Animaux et rochers, et tous les élémens
Que l'on pourra citer.... des essences vivaces,
Et l'air, et l'eau, la terre, en différentes faces....
— Vous m'accablez, Nelson, de mondes, de soleils,
De tous les tourbillons, ou de globes pareils....
— Je vous garde une voie, on l'appelle *Lactée* (1),
D'une couleur très-blanche elle est fort surmontée,
C'est un amas confus de très-petits flambeaux
Étoiles de grosseur, comme de vrais moineaux,
De taureaux, ou bien d'ours, formant quelques parties,
En des astres, aux cieux, avec art réparties.
— Vous allez leur donner aussi leurs tourbillons,
Des lunes, des soleils et mille visions.
— Et pourquoi non ? marquise, en un si grand ouvrage,
Pouvons-nous deviner le céleste assemblage ?

Je vous l'ai dit souvent, il faut conjecturer,
Croire, douter par fois, et jamais assurer.
Ainsi les tourbillons, les soleils, les comètes
Ont un rapport intime avec ciel, et planètes,
On aperçoit marcher ces globes différens
Qui suivent tous un ordre, en moyens évidens.
Or, suivant leurs besoins, la nuit est leur lumière,
Comme le jour est nuit pour une autre croisière, (2)
Il en est bien de même en marche, ou mouvement,
Pour le tour, ou retour, allant différemment.
Le Dieu de l'univers a désigné la place,
Et chacun par son ordre, est en ligne, est en face,
Suivant qu'il le commande, on voit tout obéir,
Le soleil des soleils, n'osant désobéir.
S'il créa l'univers, il pourroit le dissoudre,
Qui pourroit résister aux éclats de sa foudre ?
Un monde est un seul point, en cet immense tout,
Il est comme il n'est pas (3), suivant qu'il le résout.
Adorons ma Céphise, une telle puissance
Qui pour la contempler, me donne ta présence,
Ha ! nous lui devons tout : et naissance, et le jour...
Je lui dois le bonheur de te faire ma cour....
Prosternés à ses pieds, vers la céleste plage,
Marquise embrassons-nous, pour prôner son ouvrage....
— C'est très-bien, cher Nelson !... en présence des cieux
Je te donne ma main, et prononce mes vœux....
— Dieu bénira Céphise, une tendre alliance,
Par tous deux contractée en louant sa puissance,
Je veux que nos enfans, un jour en cet endroit,
De notre félicité, par un heureux surcroît,
Imitent les accords et notre bienveillance,
En célébrant aussi, d'un vrai Dieu, la puissance.

-- Mais dans l'immensité de mondes si petits,
Nelson, faisons encor promener nos esprits ;
D'astres, de tourbillons, parcourons la croisière,
Et voyons de soleils, cette fourmillière.
-- Or, si près l'un de l'autre, en ces mondes serrés
Pour se donner la main, on semble incorporés.
  On est dans ces soleils comme aux îles maldives,
Dont on voit par milliers et la plage, et les rives,
Leur séparation faite par des canaux,
Seroit à notre aspect, comme petits ruisseaux,
Et des oiseaux jolis, (4) de planète, en planète,
Peuvent très-bien voler et servir d'estaffette.
  Comme on voit des pigeons dressés dans le levant,
Porter de ville en ville, écrivant, répondant,
Ou lettre, ou bien papier... reporter tout message,
Et des amans par fois, sceller le tendre gage....
  Si dans son tourbillon, il est bien reconnu
Que tout soleil entrant, il auroit la vertu
De planètes, soleils, d'effacer la lumière,
Pour tant d'astres nouveaux..... De loi particulière,
Il est d'autres accords, et sans doute prescrits,
Afin de voir aller les grands et les petits,
Ayant la nuit, le jour, et d'après leurs distances,
De leurs cours, conservant, ou la marche, ou les chances.
—Avec tant de rondeur dans tous ces tourbillons,
De glisser l'un sur l'autre, en des occasions,
N'ont-ils pas le hasard ? — Cela se peut, Céphise !
Vous conviendrez qu'en tout, on voit de la méprise.
  Supposez à facette un diamant taillé,
Dans sa courte rondeur, si bien encastillé,
Que facette petite, en tout bien ménagée
En un rond tellement, vous paroisse arrangée,

Qu'on puisse bien le voir en mince tourbillon,
Un peu carré pour tant, quoique toujours très-rond,
Alors tout ira bien, tourbillon et planètes,
Tourneront sur leur axe, ainsi que nos facettes.
— Nelson! c'est bien encor... j'admire un diamant...
Mais diable tout ceci, ce n'est pas d'un enfant,
Vous connoissez beaucoup le docte Fontenelle,
Pour le suivre si bien, d'esprit et de prunelle. (5)
— L'un dans l'autre, chaque astre, est vraiment incrusté,
Et marche en tourbillon, en toute sureté,
C'est un balon enfin, que notre vaste monde
Qui s'étend et détend en ligue très-profonde,
Et tous mondes petits sont aussi des balons,
Ils marchent tous ensemble, en plusieurs pelotons,
Poussés, ou repoussés, et sur toute frontière,
Projettant et lançant leur tremblante lumière.
— C'est fort plaisant, ami! de voir tous ces assauts,
Et bourade, estocade en des pays si hauts.
— Ce n'est pas tout, madame, on reçoit des visites,
De planètes, soleils, ou de leurs satellites;
Sous le nom de comète, en parcourant les cieux,
Nous les voyons par fois, nous chercher dans ces lieux;
Ces mondes sont ornés de belle chevelure,
De barbe vénérable, et queue à l'aventure,
Le tout flottant, doré, marchant près du soleil,
Ou bien près de la lune, avec ordre, appareil.
— Mais cela nous fait peur... — Vous plaisantez, marquise,
Des enfans tout au plus, auroient telle surprise,
Pour nous, une comète est le bien d'un voisin,
Qui de son tourbillon, nous vient un beau matin,
Ou même quelque soir, avec vous, ma Céphise,
S'il nous en venoit une... elle auroit pour devise,

» *Hommage à la beauté.* » Célébrant ce hasard,
De la galanterie, il seroit l'étendart.
En se pressant, poussant, différentes planètes
De leurs trois tourbillons, quittent les assiettes
Et vont chez leurs voisins, respirer pour un temps,
Comme on vient en vacance, ou comme on court les champs.
On voit ces pellerins au-dessus de Saturne,
Aller, marcher, courir en costume nocturne,
Or, de Saturne à nous, un espace fort grand,
Nous semble destiné pour leur appartement.
Ainsi du grand Seigneur, nous prenons l'étiquette,
Recevant l'ambassade, et volage planète,
Nous lui donnons asile, en spatieux faubourg,
Sans fixer sa demeure, au centre de la cour.
— Comme le grand Seigneur, nous n'envoyons personne
Pour défendre, ou prôner les droits de la couronne...
— Quand à la queue, ou barbe, un réflet de rayons,
De planète, ou soleil, produit bien tout ces tons,
En nuances... et clairs... la cause est naturelle,
De traits sombres... brillans... tout soleil éteincèle,
Cela tient au physique, et pour en avoir peur,
Comme astronome, il faut être un pauvre docteur.
La planète au contraire, étant la *visiteuse*,
En sortant de son rang, pour quitter sa chartreuse,
Risque bien plus que nous, ce n'est que par un choc,
Qu'elle aura pu laisser son habit, ou son froc,
Pour avoir une queue, ou telle chevelure,
Et se donner un ton, dans telle, ou telle allure.
Certains savans, peut-être, espionnant soleils
Préparés à subir des mouvemens pareils,
Au point de voltiger de planète en planète,
Pour servir de pigeons, ou singer l'estaffette,

Au moment de l'entrée en un monde nouveau,
Disent : « *soleil*, *soleil*, ainsi nocher dans l'eau....
Vous l'entendez crier... » Amis, *terre... la terre...*
Nous sommes arrivés, pour nous, plus de misère...
En voyant la comète, on est aussi surpris,
Pour fonder ses raisons, ou proposer des prix...
C'est toujours le plus sot, qu'en bonne académie,
On prétend couronner... *c'est une épidémie*, (6)
Partout c'est la cabale... et jamais le talent
N'aura pour lui, la gloire... encor moins de l'argent.
En soleil, comme en lune, en comète, en planète,
De bien déraisonner, on se fait l'étiquète.
Quand un soleil s'éteint dans quelque tourbillon,
C'est un malheur très-grand, perdant l'occasion
De voir en plein midi, vous jugez bien, madame,
Qu'on peut perdre un mari, de plus, perdre sa femme...
— Comment, mon cher docteur ! le croit-on? des soleils
Pourroient subir aux cieux, évènemens pareils.
— C'est très-vrai, ma Céphise, on voit bien des étoiles
Disparoître et s'éteindre, à moins que certains voiles
Couvrant bien leur figure, on ne les voye un jour,
Reparoitre en les airs, pour recevoir leur cour.
-- Peut-être aussi Nelson, tournant comme la lune,
De son quart, ou moitié, présentant la lacune,
Ce n'est que conjecture.... en vérité, j'ai peur
De penser qu'un soleil peut perdre sa splendeur.
— De Saturne pourtant, la cinquième lune
Fait voir en certains temps, une telle lacune,
Cela près de la terre, ou quelquefois plus loin,
Ainsi qu'on le remarque en son très-petit coin.
Avec longue lunette, on voit des différences,
On suit en tout, leur marche, on connoît leurs distances.

Certes, demis-soleils pourroient bien exister,
Par plus d'un astronome, on les a vu compter;
Et Descartes lui-même, en parlant de ces taches,
Que l'on voit au soleil, par fois comme panaches,
Suppose que chacune, en pouvant s'accrocher,
Formeroit de gros corps, qui, prompts à s'enfourcher,
Seroient comme une croûte, entourant le grand astre,
En masse surement, pour causer ce désastre.

On remarque en effet qu'à la mort de César,
Notre soleil subit sans doute hors de son char,
Une crise funeste.... — Et comment l'aventure,
Fut-elle présentée? — En telle conjecture,
Tout ce que l'on peut voir, c'est beaucoup de pâleur...
— Mon cher Nelson, je tremble... avec quelle frayeur
On vit chez les Romains, sorte de nuit renaître!!!.
Ils imputoient sans doute à la mort de leur maître,
Un désastre aussi grand, toutefois mon ami,
Ha! pour un tel malheur, tout mon corps a frémi....
— Le temps, chère Céphise, a dissipé la croûte,
Ternissant le soleil, et des cieux, cette voûte
A repris tout son lustre, il est donc bien certain
Qu'en tout céleste ouvrage, une divine main
Ou suit, ou ne suit pas d'une parfaite essence,
Les effets non sujets à telle ou telle chance.

Ainsi soit dans un temps, en un autre, en tel lieu,
Il est tels changemens, comme l'ordonne un Dieu;
Et ne riroit-on pas, si l'on voyoit les roses,
Par divin jardinier, nous présenter des gloses,
Lui seul est éternel, lui seul est tout-puissant,
Il a fait son parterre au ciel, au firmament,
Comme roses sur terre, on voit soleils, étoiles
Croître, finir, briller, ou présenter leurs voiles,

Selon qu'il le décide, tout marche en l'univers,
A terre, ou dans les cieux, à droite, ou de travers,
Il est encor certain qu'avec longue lunette,
On voit tout autre ciel, et toute autre planète,
C'est un monde nouveau que n'ont vu nos anciens,
Et depuis cinq cents ans, doctes Cartesiens
Ont bien changé le cours des astres, des planètes,
Et dans leurs tourbillons, les soleils, les comètes.
— Me voilà donc savante, et j'ai, mon cher Nelson,
La sphère en mon cerveau, grâce à votre leçon.
— Mon aimable Céphise, en tout vous pouvez croire
Ce que nous avons dit, pour fable, ou pour histoire.
Mais quand au firmament, en fixant vos beaux yeux,
Vous voudrez réfléchir aux astres, comme aux cieux,
Ressouvenez-vous bien... daignez le reconnoître,
Qu'en un fidèle amant, vous eûtes tendre maître...

CHANT SIXIEME.

Nouvelles pensées qui confirment celles des Chants précédens, couplets sur les dernières découvertes faites dans le ciel.

Céphise et moi, songeant à contracter les nœuds
De l'hymen assorti qui fixoit tous nos vœux,
Nous avions négligé de parler de planète,
Pour nos préparatifs en ménage et toilette.
Un soir j'entrai chez elle, elle avoit de l'humeur....
— Nelson, je viens de voir un célèbre docteur,

De plus, certain plaisant, en parlant de planètes,
D'astres, de soleils, ainsi que de comètes,
Nous avons disputé.... L'un de ces érudits,
Tenant un premier rang parmi les beaux esprits,
M'a plaisanté beaucoup sur nos célèbres mondes...
-- Il falloit rire aussi de ses raisons profondes,
Pouvoient-elles changer principe et vérité,
Et d'un Dieu tout-puissant, la grandeur et bonté,
L'on voit beaucoup de gens n'être pas sans lumière,
Et contester d'abord en leur humeur altière,
Ce qu'ils ne peuvent voir avec foible raison,
Surtout pour discuter, prenant l'occasion.

Ces personnes du peuple, arborant la tournure,
Dès qu'on les veut convaincre, ont pour eux l'imposture,
De la plaisanterie en l'adage grossier,
Avec gens du commun, on les voit s'allier.

Et vous, belle Céphise! en tous points, tant aimable!
Ils vous trouveroient laide *en cramoisi du diable...* (1)
Ils ont dans leur idée, *astres....* point d'habitans....
On les voit aussitôt, tuer tous leurs savans,
S'ils n'assommoient qu'aux cieux, mais docteurs de la terre,
Eprouvent de tels gens, la grotesque colère.

On a beau leur citer un certain mouvement,
Aux astres, aux soleils et dans le firmament,
En vain vous démontrez dans Vénus, ou la lune,
Des ombres, des brouillards, très-sensible lacune,
Intervalle, ou distance, et des globes, des corps,
Dont toute la structure, ainsi que les accords
Signalent et montagne, ou des mers, ou des terres,
On ne changera point semblables caractères.

Ils ont dans leur pensée, un astre, ou bien soleil,
Un globe lumineux, tout autre corps pareil,

Leur esprit est frappé, mais leur raison déçue
En jugeant de travers, va se perdre en la nue,
Comme le peuple en tout, on les voit rester là,
Et si vous raisonnez. « *On n'entend pas cela*,
» Nous ne pouvons comprendre, et mettre en notre tête,
» Qu on habite la lune... » Il faudroit une enquête,
Pour dépeindre, ou connoître... en leur entêtement,
Ils voudroient voyager au haut du firmament,
En voyant par leurs yeux, une chose palpable,
Ils n'iront point céder pour le seul vraisemblable.
Mais vous, chère marquise, en vous la vérité
Fait son impression, comme votre beauté
La fait sur votre ami, dans une ardeur fidèle,
Je me transporte aux cieux, et voyage avec elle....
Dans mes sensations, je trouve le bonheur,
Et le jour près de vous, me paroît un cardeur.
Vos beaux yeux et vos traits, d'une essence vivace,
Animent mes tableaux, je crois voir face, à face,
Un astre, un vrai soleil, en fixant ce bel œil,
Tout ravit mon amour et m'enflammed'orgueil,
Je me dis « la beauté... Cette aimable Céphise...
» C'est mon astre.... et mon bien.... j'épouse la marquise....
— Nelson ! mon bon ami ! tu feras mon bonheur,
Et je ferai le tien, puisse un Dieu créateur !
Bénir de si beaux nœuds.... — Quel favorable augure !.....
Mais fixons de nouveau, la céleste structure,
Et sans quitter le ciel, achevons les portraits
De ces globes divins, dont nous voyons les traits.
— Nous les voyons, dit-on, or, voit-on les figures
Des habitans cités, leur marche, ou leurs allures ?
— Mais les traits d'Alexandre, avez-vous jamais vu ?
Vous n'y croyez pas moins, sans avoir aperçu....

Il est pour définir, différentes manières,
Chacun a ses raisons, chacun a ses lumières.
Ce que l'on ne voit pas, un autre peut le voir,
Suivant la faculté qu'on a pour concevoir.
Ce qui paroît sensible à tout bon astronome,
Peut bien sembler obscur au sot, à tout autre homme.
Mais si la bonne foi, mais si la vérité
Vous commandent de croire, et qu'on soit entêté;
Cela ne détruit pas le vrai d'un bon système,
Au-dessus des fureurs du méchant anathême,
D'un mutin incrédule, ou d'un mauvais plaisant
Qui se fait un plaisir de rester ignorant.
— Mon, cher Nelson ! calmez votre juste colère,
La lune est habitée, ainsi que notre terre,
Je vous l'ai déjà dit, j'ai pour ces habitans,
Un amour que je donne à l'un de nos savans....
—Je vous prends un baiser... — Ho ! craignez ma colère...
—Ne suis-je pas en paix ?... Faites comme moi, ma chère,
Pardonnez au bon maître, il excuse pédans,
Qui de la lune ici, chassent les habitans...,
Une horloge commune, en signalant les heures,
Suffit à bien des gens, celles supérieures
De cardeurs et minute, offrant aussi le trait,
D'un goût plus distingué nous attache et nous plaît.
Si nous apercevons des beautés dans les astres,
Où d'autres veulent voir ou défauts, ou désastres,
L'opinion est libre, il est un mouvement
Que l'on donne à la terre, avec le firmament,
Il paroît correspondre, et notre terre tourne
En ce profond système, ensuite elle retourne.
On doit croire à ce tour, en tout, le firmament,
Les astres, les soleils, de pareil mouvement

Doivent subir les lois, alors vu les distances,
Le nombre et la hauteur, et bien d'autres nuances;
On pourroit remarquer certain dérangement...
Mais d'une autre manière... avec discernement,
On concevra d'après notes supérieures,
Que la terre en sa marche, emploie vingt-quatre heures,
Pour tourner, retourner... que notre firmament
Paroisse bien moins long, en si grand mouvement,
On ne pourra le croire... on fait tourner la terre...
Et non le ciel emsemble autour de l'atmosphère
D'un seul globe céleste.... Il est plus naturel
Que ce globe tout seul, par tour continuel,
Marche, avance, ou vole autour de son grand maître
Qui par ses traits de feu, se fait bien reconnoître.

Sans donc nous répéter... en des temps inégaux,
On ne le dira pas, les astres les plus hauts
Viendront chercher la terre, et faire tout pour elle,
Chaque corps a son âme, et l'essence éternelle
Se divise en ses traits, avec ses attributs,
Ses droits et son usage, et tous ses instituts,
Saturne, Vénus, Mars, Jupiter, ou Mercure,
Tout doit suivre le plan du Dieu de la nature.

Dieu pouvant opérer toujours en un sens droit,
Il ne se restraint pas à quelque cercle étroit,
Il est certains défauts, il est des différences,
La terre par exemple, en beaucoup d'autres chances,
Pourroit aussi tomber... -- Une horloge pourtant,
Est réglée assez bien, en place d'un savant,
Mon bon ami Nelson, je voudrois que la terre
Jamais ne fut changée en ce bel atmosphère.
-- Impossible, Céphise, et l'on voit aisément
Que la terre par fois, subit un changement,

S'approchant du soleil, son tour est plus rapide,
Plus agité, plus vif, or, un bouillant fluide
Influant sur son cours, sa révolution
Est surement plus prompte, en cette station.
Les jours seroient plus courts ainsi que les années,
S'éloignant du soleil, on voit d'autres journées,
Le jour, le mois et l'an seront un peu plus longs,
Nous n'en vivrons pas moins avec nos tourbillons....
Tout est si bien changé, que telle demoiselle,
Visible dans la lune, on dit même assez belle,
Est maintenant très-laide... et son nez, son menton,
Et sa joue enfoncée en quelque tourbillon...
Par tous ces accidens, elle est tant enlaidie,
Que l'on craint pour ses jours.. —Bah... c'est fable hardie!...
Que me contez-vous-là?... — Je ne plaisante point,
Sa tête entre rochers, se voyoit de très-loin,
Un changement subit a gâté sa figure,
Mers et monts disparus... Ou telle autre aventure,
Auront terni son front, son nez et ses beaux yeux,
Comme vieille à présent, elle paroît aux cieux.
-- C'est un sort bien funeste, et nous autres savantes,
Si d'un jeune astronome, en formes élégantes....
Si de mon cher Nelson, par un cruel hasard,
De très-jeune qu'il est, devenoit un vieillard....
Chassons, ô mon ami, cette laide pensée,
Jouissons de la vie avant la traversée....
--C'est très-bien, dit Céphise, en te serrant la main,
Je goûte le présent, sans songer au lointain,
Si nous perdons nos traits, que ton âme et sagesse
Conservent pour nos cœurs, l'amant et la maîtrese...
Mais revoyons encor quelque grand changement,
Arrivé sur la terre, ou dans le firmament,

Sur des monts escarpés, on voit des coquillages,
Et de poissons et pierre, on revoit les images,
Ces cantons et ces monts sont bien loin de la mer,
Comment poissons, cailloux.... ont-ils pu se former?
Si ce n'est par les eaux... à présent retirées,
Autrefois sur ces monts, surement concentrées.
 Hercule sépara monts Albila, Calpé,
L'Océan traversant tout rocher escarpé,
A parcouru la plaine, en bien moins d'une année,
D'un coup de main, on fit la Méditérannée.
 Tout ceci n'est que fable, or, très-souvent on voit
Par l'histoire attesté, pour tel ou tel endroit,
Tel fait miraculeux, et sans croire un Hercule,
On trouve bonne cause, et moins de ridicule.
 Un tremblement de terre, ou bien quelque volcan,
Par une partie foible, échapant l'Océan,
Aura formé bientôt la Méditérannée,
Avec du temps... peut-être en une seule année....
—Dans notre belle terre... alors mon cher Nelson,
Ce fut donc grande tache et vue en tourbillon,
On aura dit en lune. « Il est une nouvelle,
» La terre a bien aussi sa jeune demoiselle,
» Où son jeune astronome, et vous, mon cher Nelson,
Ne pouvez-vous donc être, un aimable Apollon? »
—Alors soyez ma muse, ou bien, belle Céphise,
Je suis l'*incognito*....—Prenez votre devise,
—*Amour, fidélité*... —Fort bien, ami, continuons....
—Quand à nos changemens en différens cantons,
N'en doutons point, Madame, on sait que la Sicile,
Etoit en Italie, elle a nouvel asile,
En Syrie, on voit Cypre, et bien d'autres pays
Auront changé de noms, Ruisseaux, ou Tanaïs, (z)

Peut-être Naple un jour, et même la Sicile,
Par d'autres accidens, auront un autre asile.
Le Vésuve et l'Etna, ces volcans infernaux,
Avec ces feux lancés par leurs grands soupiraux,
Ne pourroient-ils donc pas abîmer les provinces,
Ou les vastes états des plus célèbres princes ?....
Ainsi l'artillerie, obus et nos canons
Guidés per les Berthier et les Napoléons,
Ebranloient l'univers, foudroyoient les armées....
Ne laissant après eux, que poussière et fumées...
Et de même Alexandre, et monarques fameux,
Ayant lancé leur foudre, en allumant leurs feux,
Ont changé les états... Les plus vastes royaumes,
Et conquérans vaincus, ont le sort des atômes...
Tout perd, jusqu'à son nom... Or, la paix du vainqueur
Fait revivre en tel cercle, et duc..... et l'électeur...
Des illutres Bourbons, réparant les disgrâces,
Ou les calamités, on remet sur leurs traces,
La gloire et le bonheur... les douceurs de la paix
Les menent triomphans, jusques dans leurs palais.
Calmés par leur justice, abandonnant leur foudre,
Empereurs... alliés sont très-prompts à résoudre
Ces grands évènemens... brillans comme Vénus, (3)
Des astres dans les cieux, ils sont par leurs vertus,
Les superbes portraits.... et leur rare justesse
Aussitôt dans ce calme, inspire l'allégrese....
La paix est générale, oui, la sincérité,
En assurant leurs droits, proclame leur bonté...
— Ajoutez, cher Nelson, en votre docte verve,
Qu'une aimable princesse * en ses traits de Minerve,

(*) S. A. R. Madame la duchesse d'Angoulême.

Des grâces de Vénus, inspiroient aux héros,
Les plus doux sentimens... signalant leur repos,
Celui de nos guerriers... Ainsi donc la victoire,
Par une paix durable, en couronne la gloire ;
Le sang a trop coulé, les Dieux donnent la paix,
Nous vivrons tous heureux, en chantant leurs bienfaits.

-- Sur les grands changemens arrivant dans les astres,
Il est chance certaine, et différens cadastres...,
Nous voyons Jupiter souvent enveloppé
De bandes sûrement, dont il paroît frappé.

Du clair et de l'obscur, avec des intervales,
On reconnoit très-bien les espèces fatales,
Ce sont des plaines, monts, des terres et des mers,
Ils ternissent cet astre enchaîné dans leurs fers,
Tantôt le délaissant, et tantôt de leur robe,
Nous cachant sa figure, en tourmentant son globe...

Avec bonne lunette, on reconnoît vraiment,
Telles variations, en notre firmament,
Que l'Océan lui-même, en débordant ses terres,
Non, ne causeroit pas de plus grandes misères...
-- Mon aimable docteur, dans le grand Jupiter,
N'est-on pas amphibie ?... On devroit le noter ?
Vous l'avez dit vous-même, il est bien des espèces,
Avec des animaux qu'on fait de toutes pièces.
-- On voit de même en mer, de très-grands changemens
De mers, de flux, reflux, couvrant grands continens,
Avouons-le, Cephise, en notre tranquille astre,
On est exempt par fois, d'un aussi grand désastre,
Le déluge, il est vrai, vint jadis affliger,
Or, ce temps est si vieux, qu'on n'y doit plus songer.

Dans notre Jupiter, il fut une incendie
Naguère très-cruelle... et d'une tragédie,
Elle aura présenté le sujet important,
A plus d'un docte auteur, en un pays si grand.
On voit vers l'équinoxe, une forte lumiére
D'un feu très-rouge, ou blanc, présentant la bannière, (4)
Selon que le soleil nous paroît dégagé
De nombre de brouillards dont il semble chargé;
Ces brouillars et ces airs, certaines particules
influancent le jour et font des crépuscules.
Alors certaine pluie en mouillant le soleil,
Comme l'eau dans la forge, (5) a quelqu'effet pareil,
Les Dieux ont leurs motifs, et nous autres atômes,
Que l'on change par fois, en savans, en grands hommes,
Nous sommes éblouis, souvent bien étonnés,
D'une petite cause aux effets raisonnés.
Un vrai docteur doit être un éléphant très-sage
Qui ne pose le pied sur un port, ou la plage,
Qu'il ne soit assuré. — Mon bon ami Nelson,
Auriez-vous du nouveau sur quelque tourbillon?
— Non, ma chère Céphise, en vous parlant des astres,
Je vous ai conté tout, et bonheurs et désastres...
Si j'étois dans la Chine, en étoile, ou soleil,
Je ferois du fracas, avec grand appareil,
Je vous ferois tomber des millions d'étoiles,
Tantôt à découvert, tantôt avec leurs voiles.
J'en enverrois de plus créver vers l'orient,
Avec beaucoup de bruit, sans aucun accident,
Je dirois que les cieux sont vus incorruptibles,
Et par nombre d'excès qu'on trouverroit terribles,
Je vous ferois dissoudre, étoiles par milliers,
Puis je l'établirois en des calendriers,

Que j'irois vendre en Prusse, ou bien en Italie;
Et je vous conduirois de folie, en folie,
Mais je suis près de vous, au lieu de m'éloigner,
Un peu plus de terein, je prétends bien gagner....
— Je le vois, il s'agit de l'hymen, et du temple,
Marche, mon cher Nelson !... et je suis ton exemple...
-- Ami lecteur, ici, nous te quittons tous deux,
Et ma Céphise, et moi, nous faisons nos adieux,
Puisque de l'hyménée, en notre ardeur extrême,
Nous partons pour jouir de la faveur suprême....

Puisse-tu, comme nous, ne quittant point les cieux,
Les contempler souvent auprès de deux beaux yeux ?...
Que ce soit le grand prix payant ta complaisance,
Et très-long-temps enfin, goûtes sa jouissance.

NOTES GÉNÉRALES.

D'ABORD, il faut lire les réflexions qui précèdent la pluralité des Mondes de Fontenelle; j'observe que cet auteur célèbre, rapporte en quelque sorte tout à la nature, suivant moi au contraire, la nature est l'œuvre, et Dieu est le divin ouvrier, en cela j'ai donc rempli un autre but.

L'élégant Marmontel ayant inventé les petites barres pour le dialogue, et voulant me servir de ce nouveau mode très-utile, très-agréable pour faire suprimer, « *Je lui dis* — *Elle m'a dit* — *Je lui répliquai*, etc. — Pour préciser en quelque sorte, la narration, ou le chant, j'ai bien senti qu'il falloit deux interlocuteurs, je les ai pris sous les noms de *Nelson*, de *Marquise*. — *Et Céphise*. — J'ai préféré celui de *Nelson* a celui de *Médor*, ou de *Mondor* : Médor présentant l'idée d'un amant un peu fade, un peu léger pour raisonner sur les astres, et celui de *Mondor*, sentant trop la finance, j'ai pensé que le mot *Nelson*, aussi des Contes Moraux, de Marmontel, que ce nom, dis-je qui tient de l'Anglais, par sa gravité naturelle, sans nuire à la plus sage et la plus tendre sensibilité, conviendroit à un sujet aussi sérieux en apparence, et au moins aussi gai....

J'ai ajouté les plaisirs, les premiers et les plus purs de l'amour, pour intéresser sur-tout des jeunes lecteurs. — Comme le disoient et le faisoient entendre La Fontaine et Jean-Jacques Rousseau, il faut conduire ses élèves avec des chaînes de fleurs, leurs représenter des images tellement riantes et adaptées aux nuances de leurs jeunes sensations, qu'ils ne s'aperçoivent pas qu'en jouant ils combinent et résolvent des systêmes aussi profonds qu'importans, et toujours dignes de toute l'attention de l'âge le plus mûr.

J'ai retiré autant que j'ai pu le signalement de trop grands calculs, comme par exemple, que le tour de la terre est de neuf mille lieues, qu'il y a trente-trois millions de lieues de la terre, au soleil, etc... quand on pourroit le dire en vers, il ne faudroit pas le dire, parce que cela ne seroit pas agréable, et qu'il faut chanter, plutôt que détailler, ou décrire; d'ailleurs on peut avoir recours aux véritables entretiens, si l'on veut avoir des notions plus étendues...

J'ai destiné mon poëme au bonheur de pouvoir contribuer aussi à l'éducation des princes, des grands, et de nos plus jeunes philosophes... Du reste, dans une œuvre de talent, il ne faut rien prendre sur soi, c'est au temps, et non à l'auteur à décider de son mérite; si mon ouvrage gagne à la publicité, d'abord, il pourra arriver que ce gain devienne conditionnel, comme de corriger tels vers, tels chants, etc... S'il ne s'agit que de docilité sur cela, je ferai mes preuves; après les avoir faites, s'il m'est permis de présenter mon ouvrage, quelle satisfaction ne sera-ce pas pour moi, de jouir des avis de mes lecteurs et des agrémens utiles de mes vers, perfectionnés par leur assentiment ?

Je n'ai pas craint de prendre aussi pour épigraphe, le passage de l'Ecriture sainte, parce que loin de voir rien de contraire à mon sujet, j'y trouve une idée sublime qui contribue à confirmer mon opinion, pour distinguer l'ouvrier de l'œuvre, c'est-à-dire, Dieu de la nature, opinion qui sans doute étoit au fond, celle de Fontenelle, et d'ailleurs appuyée des plus grandes autorités.

Dieu dit : » que la lumière se fasse; et la lumière se fit : ce tour « extraordinaire d'expression, qui marque si bien l'obéissance de la « créature, aux ordres du créateur, est véritablement sublime, et a « quelque chose de divin. » *Boileau sur le sublime, édit. de 1768, page 255.*

Dixitque Deus, fiat lux et facta est lux, etc.... Deus dixit, encore une fois, ce n'est donc pas la nature, c'est Dieu qui est le divin ouvrier, cette vérité est susceptible de se développer par les différens systêmes qui sont les attributs de la Philosophie, sans prétendre d'ailleurs raisonner, ou composer avec les dogmes de la religion, qui sont aussi sacrés pour nous, que pour nos lecteurs, * et comme le disoit Fontenelle, à la marquise : « c'est aux gens instruits » que nous parlons, et non pas à certaines personnes du peuple. » « Enfin nous n'assurons rien, nous présentons, nous renouvelons des idées qu'on est libre de croire, comme de ne pas croire.

---

* Il faut citer aussi à ce sujet, une anecdote assez singulière, la voici :

Un certain Virgilius Solivagus, fut interdit par le pape Zacharie, pour recherches Phisiques sur la terre, et canonisé 500 ans après par le pape Grégoire IX.

Voyez aussi le n.° 10 de mes notes sur l'éloge de Dumarsais...

NOTES DES SIX CHANTS.

PREMIER.

(1) *Je chante l'univers*.... Quel cri !!... quel tapage !!... voilà un nouveau scuderi, etc.... » *Je chante le vainqueur des vainqueurs de la terre, etc*... tout cela ne produira-t-il aussi que des souris?... « *c'est vous qui l'avez dit.* Opposeront des journalistes.... si les rats se promènent dans les bureaux, ou dans les greniers de ceux-ci, à coup sûr, des astres, des soleils, etc.... ne sont pas des souris.... mais vos pointes, vos vers sur les astres, ne sont-ils pas des collets montés, *des vertugadins*, *des visigots*, *enfin des vers de poids pillés*?..... vous-mêmes, n'etes-vous pas de vrais dandins... des Bride-oison.... des grotesques jugeurs, ridicules turlupins?... Or, si vous n'avez pas de souris, *de seringa*, des roses vermeilles, des tartes à la crême, vous aurez de l'ambroisie, des friantes oranges, sans compter les ambrassades en pincettes, les pantouffles, estaffette, prunelle, *le tout en cramoisi du diable*, etc... *pas si cramoisi*... des soleils, des étoiles fixes... les cieux enfin....

Nous soutenons en dépit des mauvais plaisans venus et à venir, que *chanter l'univers*, et les mondes, sont les véritables termes convenables au sujet, ou d'ailleurs nous prenons à tâche, de joindre le grave, à la gaîté.

(2) *Villette. Villula*, petite habitation, par exemple, comme une des plus petites étoiles de la voie de lait.

(3) Cassé par la *marote*, *Ridiculum sigillum*, servir de marote, *esse ludibrio*, voy. le n.° 14 de mes notes sur l'éloge de Boileau.

(4) *Friantes oranges*... comme au n.° 1.er

(5) *Espalmer*.. — terme de marine, *navis rimas obturare.*

(6) *Pantouffle*.. — comme au n.° 1.

(7) *Pincette*, *id.*

(8) *Grands mouchoirs*.. — apparemment turbans.

(9) *Atôme*. — du haut des astres, les éléphans sont des atômes.

NOTES DU CHANT DEUXIÈME.

(1) *Encore pincette*.... encore au n.° 1....

(2) *Villette*. — ici pour petite ville, certes en comparaison de Paris, Saint-Denis est une villette.

(3) *Frises*. — parties de bâtimens, citées comme les bâtimens en entier. — *Synecdoche*. — *cent voiles*, *pour cent vaisseaux*, *voyez Dumarsais*, etc.

(4) *Splendeurs*. — lustres, lueurs éclatantes de la lumière des soleils, des astres, voy. Rich.

(5) *Tout blason*.... — *et sa panne*.... — allusion aux termes, figures, ou inscriptions héraldiques....

NOTES DU CHANT TROISIÈME.

(1) *Cadastre*. — *Registrum*. — Ce mot se prend ici, comme une démonstration détaillée d'un globe, d'un astre, etc...

(2) *Rais*. — *radius*. — on dit aussi les rais de lune. — voy. Rich.

(3) *Cadastre*. — comme au n.° 1.

(4) *Ribaud*. — *Adulter Ganeo*. — voy. Rich.

NOTES DU CHANT QUATRIÈME.

(1) *Dividende*. — *Numerus dividendus*.

(2) *Fil à retordre*. — comme au n.° 1. du Chant 1. Pincette, orange, etc.

(3) *Moustaches*. — *id*.

(4) *En ses routes prolixes*. — on s'est aperçu que la marche de tant de tourbillons, est un peu diffuse, compliquée....

(5) *Echue*. — ce n'est pas un berger, c'est, comme dit M. Colnet, *un avocat*, *qui pis est un procureur qui parle*, *il faut bien pardonner ces petites négligences à un homme de loi*, sans doute en faveur des grandes que l'on peut reprendre, dans certains journalistes et autres. voy. au surplus le n.° 16 de ma satire Damon.

Echue... échue... je n'en reviens pas... Bah, c'est dit exprès....

(6) *Zoroastre.* — fameux philosophe de l'antiquité, en Perse....

NOTES DU CHANT CINQUIÈME.

(1) *Voie de lait.* — ou voye *lactée.*

(2) *Croisière.* — plage de mer.

(3) Et les foibles mortels, etc... sont tous devant ses yeux, *comme s'ils n'étoient pas....*

(4) *Des oiseaux jolis.* — des estaffettes... comme au n.° 1. des notes du chant premier.

(5) *Et de prunelle.* — Encore *synecdoche,* la partie pour le tout, et d'ailleurs, comme au n.° 1 ci-dessus.

(6) Comme en mon déjeûner à la fourchette et ailleurs... *toujours épidémie.* — Ce mot rime si bien, avec *académie!...*

NOTES DU CHANT SIXIÈME.

(1) *En cramoisi du diable.* — Expressions populaires, voy. le n.° 1. des notes sur le chant premier.

(2) *Tanaïs.* — aujourd'hui le Don, fleuve de Moscovie, qui sépare l'Europe de l'Asie.

(3) *Brillans comme Vénus, Planète dans les cieux.* — Ceci peut se dire, vainement on citeroit les réflexions de Boileau contre Chapelain et contre Bouillon, sur les comparaisons d'un prince au *soleil... nom pareil...* du frère de *Joconde.* — *qui n'a point de pareil au monde.* etc. ou de la plume blanche d'Henri IV. *Qui étoit une comète de perdition...* c'est la manière de s'exprimer, le lieu où l'on s'exprime, qui donne ou ne donne point de l'enflure, ou du ridicule à telle, ou telle pensée, telle ou telle comparaison. Il est certain d'ailleurs, qu'au *moment, et après la victoire,* le héros, *radieux de gloire,* nous semble brillant comme un astre, et Vénus, planète dans les cieux, a comme on l'a vu, bien tout ce brillant... C'est ainsi que Pindare s'écrie. » dire qu'il y ait d'autre combat, aussi excellent que le combat olym- » pique, c'est prétendre qu'il y a dans le ciel, quelqu'autre astre aussi

lumineux que le soleil... Il faut voir aussi Boileau à ce sujet, faisant l'éloge de la métaphore, de la métonymie et de la circonduction des paroles, en détaillant les expressions de Pindare. Voy. ses réflexions critiques, édition de 1778. tom. 3, pag. 232.

(4 et 5) *Bannière... forge...* comme au n.° 1, des notes sur le chant premier. —*forge...* c'est d'ailleurs l'expression de Fontenelle, 6.e soir, pag. 155.

P.S. J'ai établi dans ma Satire, intitulée le *Folliculaire*, qu'en insérant dans une feuille, l'attaque, toute administration de feuille, contractoit tacitement l'obligation de publier la réponse, ou défense, dans la même feuille; je suis donc bien éloigné de prétendre gêner, ou entraver l'opinion des journalistes sur tel, ou tel ouvrage, par exemple, sur celui de mon poëme; mais je demande seulement le pouvoir de répondre à la critique, si aucune est faite, et ce, par les mêmes voies, si c'est le moniteur, par le moniteur, si c'est le journal des débats, par ce journal, et de même du journal de Paris, ou de toute autre feuille.

Je voudrois d'ailleurs, et si j'avois l'honneur d'inspecter les feuilles, je tiendrois à rigueur à cette vololonté; c'est à savoir que je lancerois aussi un trait de plume sur tout article de rédaction, où l'on se permettroit d'injurier des auteurs célèbres, ou de leur manquer de considération, savoir: les Corneille, Boileau, Racine, Molière, Voltaire, etc.. souvent aussi, on en parle avec un mauvais ton, un Gille, un Cuistre qui ne seroit pas digne de dénouer les souliers de tel ou tel célèbre littérateur, se donne les airs de dire... » *ce bon Corneille... ce pauvre Voltaire...* Il va bien à de tels intrus de parler ainsi de leurs maîtres en talens, et sciences, c'est pour le coup qu'il faudroit dire: « *comme avec irrévérence.....*

On peut discuter les œuvres d'un illustre auteur, avec une certaine décence, que commande naturellement la reconnoissance pour des ouvrages aussi essentiels.

Dernièrement, j'ouvrois l'almanach royal de 1785, j'ai vu qu'à cette époque il y avoit quatre poëtes à l'Académie françoise; savoir: Delille, de la Harpe, M. Ducis, et Lemière, encore dans les quatre, il falloit compter, comme l'on voit, de la Harpe, qui bien que lettré, n'a jamais passé pour un véritable poëte, et même Lemière, aussi un peu foible sur cette qualité, ajoutez-y quelques littérateurs distingués comme Marmontel, Thomas... n'étoit-ce pas avec raison que Piron s'écrioit: « *Voyez ces quarante, ils ont de l'esprit comme quatre.* Voyez de plus mon *Aristarque*, pag. 5.

A présent ce seroit bien pis, si l'on suivoit l'avis de certaines personnes ; il est des gens qui ont l'impudeur de chercher à établir que la véritable gloire n'est pas dans les œuvres, mais dans seule possession du fauteuil académique, ensorte que suivant eux, il n'existeroit plus d'académie, ils ne sont pas des lettrés, et ils ne veulent pas de lettrés.... Illustre Richelieu ! toi, le fondateur d'un établissement aussi célèbre, tant honoré, si enrichi par les talens de Louis XIV. Que dirois-tu de semblables sacriléges?.... les belles-lettres, surtout la poésie, forment aussi les bases capitales de toute civilisation, et comme en fait d'académies, par exemple, d'architectes, ou de peintres, on n'y placeroit pas des peintres, pour des architectes, et des architectes, pour des peintres; il me semble qu'il seroit très-utile, très-agréable, de former la première académie, l'une de ses premières classes, enfin, de la former ainsi ; savoir : un tiers en véritables poëtes, * un autre tiers en littérateurs, aussi distingués ; et le troisième enfin, en dignitaires du premier ordre et amateurs de l'art, comme étoient M. de Nivernois et autres seigneurs, ce dernier ordre ajouteroit au lustre, et à la considération des deux autres... Quand à la bonne, à l'élégante et même vigoureuse poésie, on ne sauroit trop l'assurer, c'est toujours elle qui a été le principal ornement, le brillant capital en quelque sorte, de l'illustre académie françoise, surtout du temps de Louis XIV.

Mais la cabale corrompt tout, êtes-vous prudent et discret pour les œuvres? on vous oppose que vous n'avez pas assez fait ; êtes-vous abondant comme Racine ? on vous compare à l'abbé Pellegrin ; les intrigans n'ont jamais manqué de raisons, pour exclure le vrai mérite.

La chicane par fois atteint les beaux esprits, un de ces messieurs, me disoit dernièrement, qu'il ne revenoit pas de mon début criart, *je chante*, etc.. » c'étoit bien assez de l'univers, ne comprend-il pas les mondes ? — Mille pardons, excellences littéraires, à la vérité notre globe est un petit point dans l'immensité, mais nous n'avions pas moins la manie de le nommer *Univers*, demandez-le plutôt à Célimène et à l'alceste du Misantrope.» C'est que tout l'univers est bien reçu de « vous... »

Et pour en revenir au fond du poëme, vainement affecteroit-on de comparer nos mondes, aux espaces imaginaires, aux utopies, en critiquant toute espèce de cosmographie et cosmogonie. Enfin ne seroit-il pas toujours de bonne spéculation de présenter un ouvrage dont le caractère heureux, seroit de tenir tout-à-la-fois de l'histoire naturelle, de

---

* Mais comment faire, si un siècle n'en fournit que trois ou quatre...

la fable, ou du roman, et dans un temps, où tout ce qui a rapport à l'aimable allégorie romantique, est tant en faveur. — Si d'ailleurs nous destinons notre ouvrage principalement à l'éducation des princes, des grands et de nos plus jeunes philosophes, c'est bien entendu, seulement en ce qui peut avoir trait à l'astronomie, ou la pluralité des mondes.

Quand tout cela ne présenteroit qu'une fiction (or, il n'est pas juste de le dire), le sujet est néanmoins assez important pour donner lieu à la méditation de la jeunesse, des femmes elles-mêmes et de l'âge le plus mûr.— Je terminerai par une anecdote dont bien des gens pourront avec équité, faire allusion à l'un des plus bruyans guerriers de nos jours,* — On pretend qu'Alexandre ayant entendu dire au philosophe Anaxarque, qu'il y avoit une infinité de mondes, il se mit à pleurer, parce qu'il n'en avoit pas encore conquis un seul. — Du reste, et depuis la révolution, on conviendra que nos constitutions tiennent en quelque sorte de la nature des Astres, pour les différentes variations.... le rétablissement surtout de l'illustre famille des Bourbons sera une des plus célèbres époques de l'histoire, elle deviendroit la plus belle, la plus surprenante, si les Russes en eussent agi avec les campagnes, comme avec la capitale, mais tous les crimes... le pillage... le viol.. des jeunes femmes du plus rare mérite.... des sexagenaires.... des vierges... l'innocence, les vertus profanées... boucles arrachées avec les oreilles..... les doigts coupés pour avoir plus promptement les diamans... les chapeaux et autres ornemens arrachés avec les cheveux, les chairs, les épingles... et d'autres atrocités, sur lesquelles on ne peut trop s'empresser de jeter le voile le plus épais, tout cela ternira à jamais les plus belles actions qui pourtant sont grandes, superbes... pour S. M. Louis XVIII, *le désiré*, son auguste famille, pour Paris et son illustre garde nationale.....

De quels remords d'ailleurs les chefs des infamies précitées, doivent être déchirés? ... Non, nous ne croirons jamais que les Français se soient portés à de telles horreurs... et s'ils les avoient commis, devoit-on les imiter, pour nous redonner un Roi chéri?... au surplus, tâchons d'oublier le mal, en faveur des douceurs de la paix.... et de la magnanimité des princes alliés, surtout du prince-régent et du moderne Alexandre dont la munificence égale la beauté...

* Buonaparte.

www.ingramcontent.com/pod-product-compliance
Ingram Content Group UK Ltd.
Pitfield, Milton Keynes, MK11 3LW, UK
UKHW022122260726
13993UKWH00003B/1168